Julie

Jean Craighead George

Julie

Neue Freundschaften

Aus dem amerikanischen Englisch
von Beate Beheim-Schwarzbach

Verlag Sauerländer
Aarau • Frankfurt am Main • Salzburg

Für Cyd

und seine Liebe zu Wind und Schnee
im hohen Norden

Berücksichtigt neue Rechtschreibregeln

Jean Craighead George
Julie
Neue Freundschaften

Aus dem amerikanischen Englisch von Beate Beheim-Schwarzbach
Einbandgestaltung von Sarah Fox-Davies

(Titel der amerikanischen Ausgabe: *Julie*)

First published by HarperCollins Children's Books,
a division of HarperCollins Publishers, New York

Sonderausgabe

Printed in Germany

ISBN 3-7941-4503-8
Bestellnummer 01 04503

Die Deutsche Bibliothek – CIP-Einheitsaufnahme
George, Jean Craighead:
Julie, Neue Freundschaften / Jean Craighead George.
Dt. von Beate Beheim-Schwarzbach. - Sonderausg. -
Aarau; Frankfurt am Main; Salzburg: Sauerländer, 1999
ISBN 3-7941-4503-8

Inhalt

Teil I

Kapugen, der Jäger

Ein Wolf heulte. Am Anfang klang es, als ob ein Bär ganz tief vor sich hin brummen würde. Dann wurde das Geheul immer höher und höher, bis es sich schließlich wie der Wind anhörte, der in den höchsten Tönen pfeift. Und so heulte der Wolf eine ganze Weile.

Sein Ruf flog über die schneebedeckte Tundra, bis er bei einem jungen Mädchen an der Eingangstür eines kleinen, grünen Hauses ankam. Das Holzhaus stand am Rand eines Eskimodorfes in Alaska, am Ufer des zugefrorenen Flusses Avalik. Das Mädchen schob ihr Stirnband aus Fell aus dem hübschen Gesicht und lauschte. Sie erkannte, dass der Wolf sie mit seinem Geheul anlocken wollte. Doch sie reagierte nicht.

Julie Edwards Miyax Kapugen kannte den Wolf gut. Als sie sich in der endlosen Tundra verirrt hatte, hatte er seine Beute mit ihr geteilt. Er war ihr nicht von den Fersen gewichen und hatte mit ihr gespielt, er war in ihrem Zelt gelegen und hatte sich von ihr seine Schusswunden pflegen lassen. Jetzt war er auf der Suche nach ihr. Aber er durfte sie nicht finden. Er musste von hier verschwinden, möglichst weit fort. Julie war jetzt nach jahrelanger Trennung wieder bei ihrem Vater Kapugen. Sie wusste, dass er den Wolf töten würde.

»Das lässt sich nun mal nicht ändern«, flüsterte Julie in Richtung des heulenden Wolfes. »Wenn du in die Nähe von Kapugen kommst, dann erschießt er dich. Er ist nun mal ein typischer Eskimojäger, der sogar noch behaupten wird: ›Der Wolf hat sich mir ausgeliefert.‹«

Das Heulen schwoll an und ebbte wieder ab.

Julie warf einen Blick in die Richtung, aus der das Wolfsgeheul kam. »Bleib, wo du bist, mein lieber Kapu. Ich habe mich entschlossen, zu Hause zu bleiben.«

Dann wartete sie. Julie hatte den Wolf nach ihrem Vater benannt, der ein großer Jäger war und sich gut auskannte. Schließlich verstummte der Gesang. Julie öffnete rasch die Haustür, schlüpfte hinein und schloss sie wieder hinter sich. Sie trat in den *Qanitchaq*, den Hausflur, der das Innere des Hauses gegen die Kälte abschirmte. An den Wänden hingen Schneehemden und Stiefel, darunter lehnten Paddel und Gewehre, neben denen ein paar Benzinkanister standen. Julie ließ ihren Rucksack auf den Boden gleiten, zog ihren Seehund-Anorak und die *Maklaks* aus – die Eskimostiefel – und hängte sie an einen der Holzknaufe an der Wand. Vor der zweiten Tür, die ins Wohnzimmer führte, hielt sie einen Moment inne.

Julie dachte kurz an ihre Kindheit auf der Eskimo-Insel Nunivak Island im Beringmeer und an ihre Jugend in der Stadt Barrow am Nördlichen Eismeer. Dann ging ihr der Tag durch den Kopf, an dem sie die Stadt aus lauter Verzweiflung verlassen hatte, um aus einer von ihrem Vater eingefädelten Ehe auszubrechen. Sie hatte damals vorgehabt, die Tundra in Richtung Point Hope zu durchwandern und von dort aus mit dem Schiff nach San Francisco zu fahren. Dort hatte sie ihre Brieffreundin Amy besuchen wollen. Doch dann hatte sich Julie in der Wildnis der Tundra hoffnungslos verlaufen.

Julie versuchte nicht an die schönen Wölfe zu denken, die ein Karibu getötet und ihr damit das Leben gerettet hatten. Das gehörte der Vergangenheit an. Schließlich hatte sie ihren geliebten Vater wieder gefunden, und jetzt kehrte sie wieder nach Hause zurück.

Gestern hatte Kapugen sie hier, in diesem Haus, willkommen geheißen. Julie war das Herz ganz leicht geworden und all ihre Einsamkeit schien auf einmal in weite Ferne gerückt. Vor lauter Freude war ihr fast schwindelig geworden.

Doch die Freude hatte nicht lange angehalten, denn schon nach kurzer Zeit hatte sie festgestellt, dass Kapugen nicht mehr derselbe Vater war wie der, der sie früher im Sommer auf Nunivak Island zum Jagen und Fischen mitgenommen hatte.

Jetzt lebte ihr Vater nicht mehr im Einklang mit dem Land und dem Meer. Kapugen hatte sich verändert. Er hatte eine weiße Amerikanerin geheiratet, eine *Gussak*. Er besaß Radio, Telefon und einen modernen Ofen. Das alles hätte Julie ja noch hinnehmen können, aber dann war ihr Blick auf Kapugens Fliegerhelm und die Schutzbrille gefallen. Diese beiden Gegenstände hatte Julie an dem Mann gesehen, der Amaroq, den Anführer der Wölfe, aus dem Fenster eines Flugzeugs heraus erschossen hatte. Damit hatte sich Julie überhaupt nicht abfinden können, und als Kapugen aus dem Haus war, hatte sie sich wieder ihren Rucksack gegriffen und war zu ihrem Lager am ausgetrockneten Fluss zurückgekehrt.

Doch als dann in der bitterkalten arktischen Nacht der Raureif ihr Zelt mit eisigen Farnblumen überzogen hatte, da war ihr klar geworden, dass sie wieder umkehren musste. Was er auch getan hatte, Kapugen war ihr Vater, und Julie liebte ihn.

Julie hatte an das gedacht, was ihre Großeltern immer gesagt hatten: »Eskimos verurteilen einander nicht«, und war deswegen wieder zu Kapugens Haus zurückgekehrt.

Jetzt trennte sie nur noch diese Holztür von ihrem Vater.

Julie öffnete sie und trat ein. Kapugen war zu Hause. Er saß auf einem Karibufell auf dem Fußboden und schärfte sein Messer. Er war allein.

Er hob zwar nicht den Kopf, aber Julie wusste, dass er sie gehört hatte. Auf Zehenspitzen schlich sie zum *Iglek* hinüber, einem hohen Stapel Felle, die eine Art Sofa bildeten. Das *Iglek* reichte Julie fast bis zum Kinn. Sie kletterte hinauf, setzte sich hin und faltete die Hände im Schoß.

Kapugen inspizierte derweil sein Messer und prüfte die Schärfe der Klinge. Julie zupfte einen Faden von ihrer Wollsocke. Kapugen griff zu dem Fell einer Bartrobbe und schnitt einen schmalen Streifen davon ab, den er sich dann um seinen Schuh band. Julie saß mucksmäuschenstill.

Jetzt blickte Kapugen aus dem Fenster in den dunkelblauen Himmel eines Wintertags, an dem die Sonne nicht aufging.

»Der Wind hat sich gelegt«, sagte er. »Das ist gut.«

»Die Sterne funkeln hell«, meinte Julie.

»Das ist wirklich gut«, sagte Kapugen.

Dann war es eine Weile still. Kapugen knotete den Riemen um den Schuh enger und dann endlich blickte er zu Julie hinüber.

»Hast du den Wolf gehört?«, wollte er wissen und schaute ihr dabei in die Augen.

»Ja, ich habe den Wolf heulen gehört«, antwortete Julie.

Dann war es wieder still. Kapugen wandte den Blick nicht von Julie ab, und sie wusste, dass er in diesem Augenblick ohne Worte mit ihr sprach, in der Art, wie Eskimojäger sich stumm miteinander verständigen. Mit seinen Augen sagte er ihr, dass ein Wolf nicht sehr oft so freundschaftlich heult.

Julie reagierte nicht darauf. Sie sah ihren Vater an.

Kapugen war ein untersetzter Mann mit breitem Rücken und kraftvollen Armen. Der eisige Wind und die Sonne hatten sein Gesicht gegerbt und seine Hände waren von vielen Erfrierungen dunkel geworden. Er trug die Haare kürzer, als Julie es in Erinnerung hatte, und sein Kinn war immer noch glatt, weil er sich dort die Haare ausrupfte. Über seiner Oberlippe aber konnte sie einen kleinen schwarzen Bart entdecken. Kapugen saß mit ausgestreckten Beinen auf dem Boden.

»Der Wolf kennt dich«, sagte er nachdenklich.

»Ja, das stimmt«, antwortete Julie.

Kapugen hob mit einer Hand das Seehundsfell auf und schnitt mit der anderen noch einen Streifen ab. Julie wartete darauf, dass er noch etwas sagen würde. Aber Kapugen schwieg. Er schliff ein letztes Mal sein Messer und steckte es dann in die Scheide an seinem Gürtel. Mit einer fließenden Bewegung erhob er sich vom Boden und breitete die Arme aus. Julie sprang vom *Iglek* herunter und warf sich hinein.

Nach einer langen, tröstlichen Umarmung fasste Kapugen mit einer Hand Julie am Kinn und strich ihr über die weiche Haut ihrer Wangen.

»Ich bin froh, dass du wieder zurückgekommen bist«, sagte er. »Ich hatte schon Angst, dass ich dich jetzt zum zweiten Mal verloren hätte. Ich mag dich so sehr, dass ich das kaum verwunden hätte.«

»Das ist aber viel«, meinte Julie schüchtern. Dann bückte sich Kapugen zu dem Karibufell hinunter, klopfte mit einer Hand leicht darauf und lud Julie dazu ein, Platz zu nehmen. Sie ließ sich nieder.

»Ich habe die Ehe mit dem Sohn deines wichtigsten Geschäftsfreunds gelöst«, sagte Julie so sanft wie möglich.

»Wenn ein Mann und eine Frau sich nicht lieben«, antwortete Kapugen leise, »dann gehen sie auseinander. So ist es richtig.«

Wieder saßen sie eine Weile ruhig da.

Julie spürte, dass Kapugen eigentlich noch mehr von ihren Erlebnissen hören wollte. Weil er ihr aber nicht zu nahe treten wollte, stellte er keine Fragen. Aber auch wenn die Erinnerung noch so schmerzlich war, sie musste ihm dennoch davon erzählen.

»Weißt du denn nicht«, fragte sie höflich, »wo ich war, seit mich Tante Martha von dir weggeholt hat, weil ich zur Schule gehen musste?«

»Ich weiß nur, dass du mit dreizehn nach Barrow gezogen bist, weil du alt genug zum Heiraten warst«, antwortete ihr Vater mit Bedacht. »Irgendwann einmal bin ich deiner Schwiegermutter Nusan in der Stadt begegnet. Sie hat behauptet, du seist weggelaufen und in der Wildnis umgekommen.«

»Ich finde es ziemlich schlimm, dass sie das gesagt hat; noch dazu, wo sie sich gar nicht sicher war«, meinte Julie. »Es tut mir Leid. Ich werde versuchen, dir zu erzählen, was passiert ist – auch wenn ich dir nicht alle Einzelheiten sagen kann. Ein paar Sachen sind einfach zu traurig.«

Dann berichtete Julie ihrem Vater, wie unglücklich sie in Mekoryok gewesen war, der größten Stadt auf Nunivak. Sie erzählte ihm von ihrer Hochzeit in Barrow und davon, wie viel Angst sie vor Daniel, ihrem jähzornigen Ehemann, gehabt hatte. Sie schilderte die Tage in der Tundra mit den freundlichen Wölfen und deren fürsorglichem Anführer Amaroq. Aber sie brachte es nicht übers Herz, ihm zu sagen, dass er, Kapugen, es gewesen war, der ihn getötet hatte. Diese Worte wollten Julie einfach nicht über die Lippen.

Als sie fertig war, senkte Kapugen für einen Moment den Blick, bevor er wieder zu ihr aufschaute. Mit seinen Augen sagte er ihr, wie gern er sie mochte und wie dankbar er war, dass sie noch am Leben war.

Julie ließ ihren Kopf auf die Schulter ihres Vaters sinken und er drückte sie an seine starke Brust. Und während er sie so hielt, spürte Julie, wie sich das Verzeihen vom Rücken her bis ins Herz und in den Kopf hinein ausbreitete. Schließlich versorgte Kapugen seine Familie und das Dorf mit Nahrungsmitteln. Und deshalb musste ein Eskimo nun einmal auf die Jagd gehen.

»Ich bin ziemlich müde«, sagte Julie endlich mit hängenden Schultern. Kapugen strich ihr eine Haarsträhne aus dem Gesicht. Er nahm sie in seine Arme und trug sie zum *Iglek* hinüber, wo er sie absetzte. Julie sank in die weichen, stark riechenden Felle und schlüpfte unter das eines Grislibären.

»Ich bin wirklich froh, dass du wieder nach Hause gekommen bist, Miyax«, sagte er und gab ihr einen Kuss. Julie lächelte, als sie hörte, dass er sie bei ihrem Eskimonamen nannte. Wie die meisten Eskimos auch hatte Julie zwei Namen: einen englischen, Julie Edwards, und einen in der Sprache der Eskimos, Miyax Kapugen. Wenn ihr Vater sie jetzt so nannte, erwachte in Julie ein Gefühl der Verbundenheit mit ihm und sie beschloss, sich nur von ihm so nennen zu lassen. Schließlich verband dieser Name sie nicht nur mit ihrem Vater, sondern auch mit ihrer verstorbenen Mutter. Sie hatte Julie Miyax genannt. Für alle anderen Leute war sie nur Julie.

Sie schloss die Augen und schlief sofort ein.

»Guten Morgen, Kapugen. Guten Morgen.«

Julie setzte sich in ihrem Fellbett auf und blickte sich um. Obwohl im Zimmer niemand zu sehen war, hörte sie laut und deutlich eine Männerstimme. Kapugen kam aus dem Schlafzimmer.

»Guten Morgen«, sprach er in das nagelneue CB-Funkgerät auf dem Bücherregal. »Morgen, Atik. Schönen guten Morgen.« Julie kannte Atik. Er war der Jäger, dem sie zusammen mit seiner Frau Uma und einem Baby auf dem zugefrorenen Avalik begegnet war. Julie wunderte sich, wieso sie ihn jetzt hören konnte. Sie rutschte von dem *Iglek* herunter, dann setzte sie sich auf das Karibufell ihres Vaters und starrte auf das Funkgerät.

»Guten Morgen, Malek«, sagte jetzt eine Frauenstimme. »Einen wunderschönen guten Morgen.«

»Dir auch, Marie. Einen schönen guten Morgen.«

So ging das fast eine Stunde lang. Nacheinander wachten die Bewohner von Kangik auf und begrüßten sich gegenseitig über den CB-Funk. Ihre Stimmen brachten Freude in den dunklen Wintermorgen, an dem die Sonne nicht aufging.

Als Nächstes trat Ellen, die Frau von Kapugen, aus dem Schlafzimmer, und als sie sah, dass Julie wach war, kam sie zu ihr hinüber.

»Guten Morgen, Miyax«, sagte sie.

»Ich bin Julie«, erwiderte sie sanft, aber bestimmt.

»Wie du willst«, meinte Ellen und fing an, Wasser für den Tee aus einem hundert Liter fassenden Plastikbehälter zu schöpfen. Im Winter, wenn alles gefroren war, gab es in Kangik kein fließendes Wasser.

Julie sah Ellen an. Ihre hellroten Haare mit den merkwürdigen Locken kamen ihr ebenso seltsam vor wie ihre hellen Augen und Wimpern. Julie ertappte sich dabei, dass sie die neue Frau ihres Vaters staunend anstarrte. Nach dem Frühstück kletterte Julie wieder auf das *Iglek* und beobachtete Ellen, die am Tisch saß. Sie schrieb etwas in ein Buch, wobei sie Julie ab und an einen Blick zuwarf, als wollte sie wissen, ob es ihr gut ginge. Julie schwieg.

Dann fing Ellen an, in einem Buch zu lesen. Als es Mittag wurde, stellte Julie erstaunt fest, dass sie sogar beim Kochen las. Am frühen Nachmittag rief Ellen ihre Mutter in Minnesota an.

»Hallo, Mam«, sagte sie. »Stell dir vor, ich habe eine Tochter.« Sie lächelte und warf Julie einen Blick zu.

»Ja, sie ist hübsch«, sagte Ellen. »Sie hat eine wunderbar weiche Haut und große, mandelförmige Augen. Ihre Haare sind glänzend schwarz wie poliertes Ebenholz.« Erstaunt schlüpfte Julie wieder unter ihr Grislibärfell und beäugte von dort aus die Frau ihres Vaters. Sie überlegte, was diese Frau wohl so weit von zu Hause weggetrieben haben könnte und warum sie nicht wieder zurückfuhr.

»Möchtest du meiner Mutter kurz hallo sagen, Julie?«, fragte Ellen.

Obwohl sie perfekt englisch sprach, reagierte Julie nicht darauf. Nach dem Tod von Amaroq hatte sie zwar kurze Zeit ihr ganzes Englisch vergessen, doch jetzt verstand sie wieder jedes Wort. Sie hatte nur einfach keine Lust, sich mit Ellen zu unterhalten.

Anfangs war Julie furchtbar enttäuscht darüber gewesen, dass ihr Vater sich für eine Frau von außerhalb entschieden hatte. Für die Eskimos gab es zwei Arten von Menschen – diejenigen, die auf dem Eis leben, und andere, die das nicht tun. Ellen gehörte nicht zur ersten Gruppe. Dazu bewegte sie sich zu schnell und redete auch zu rasch. Ihre Stimme war zu rau, und wenn sie lachte, dann klang das wie bei einer Raubmöwe.

Nach und nach gewöhnte sich Julie an ihr neues Leben. Sie wusch Geschirr ab und kochte Fisch oder Karibufleisch, um Ellen zu helfen. Sie reinigte Felle und präparierte sie für den

Markt, oder sie hackte Eis am Fluss und schmolz es in einem Eimer.

Wenn Ellen nicht im Haus war, las Julie in ihren Büchern. Auf Nunivak Island hatte sie in der Schule sehr guten Englischunterricht gehabt. Sie verschlang die Bücher begierig, weil sie wissen wollte, was es auf der Welt so alles gab. Manchmal, wenn niemand in der Nähe war, ging Julie am Fluss entlang und horchte, ob ihre Wölfe noch da waren. Einmal hörte sie Kapu heulen, und nachdem sie sich vergewissert hatte, dass ihr Vater nicht in der Nähe war, hielt sie ihre Hände trichterförmig an den Mund und stieß einen warnenden Heulton aus. Kapu reagierte nicht darauf. Er hatte verstanden.

Eines Tages, als Julie gerade das Fell einer Bartrobbe abschabte, damit daraus Schuhe gemacht werden konnten, tauchte im CB-Funk eine unbekannte Stimme auf.

»Guten Morgen, Kapugen. Schönen guten Morgen.«

»Guten Morgen, Peter Sugluk«, antwortete Kapugen. »Du bist also wieder zurück?«

»Ja, ich bin wieder hier«, sagte er. »Und ich habe die beiden Pullover aus Moschusochsenwolle dabei, um die mich Marie gebeten hat.« Julie erinnerte sich, dass Uma ihr einmal von dem federleichten Unterfell, dem *Qivit*, der Moschusochsen erzählt hatte, aus dem die Frauen in Kangik Pullover und Tücher strickten. Uma hatte ihr auch gesagt, dass Kapugen diese unglaublich warmen Kleidungsstücke für viele hundert Dollar an Händler in Anchorage und Fairbanks verkaufte.

»Komm doch auf einen Sprung vorbei«, forderte Kapugen ihn auf und wandte sich an Julie. »Peter Sugluk ist der Adoptivsohn eines meiner Geschäftsfreunde«, erklärte er.

»Er hat so einen merkwürdigen Akzent«, meinte Julie.

»So fremd sollte das aber eigentlich nicht klingen«, erwiderte Kapugen. »Im Grunde spricht er *Yupik* wie wir auch und nicht *Iñupik* wie die Leute in Barrow oder Point Hope.«

Die Eskimos sprechen zwei Sprachen. *Yuk* oder *Yupik* ist im südwestlichen Alaska und in Sibirien verbreitet, während *Inuk* oder *Iñupik* eher im Norden von Alaska, in Kanada und in Grönland gesprochen wird. Julie hatte auf Nunivak Island *Yupik* gelernt, und in ihrer Zeit in Barrow sprach sie *Iñupik*. Sie konnte Peter durchaus verstehen, aber seinen Tonfall nicht einordnen. Julie überlegte, wo er wohl herkommen könnte.

Kurz darauf klopfte es an die Tür, die vom *Qanitchaq* zum Flur führte.

»Nur herein«, rief Kapugen, woraufhin Peter Sugluk in den warmen Raum trat.

»Morgen, Kapugen«, grüßte er und warf Julie einen Blick zu. »Und du musst Julie sein, nicht wahr? Einen schönen guten Morgen.« Sein Lächeln war angenehm und freundlich.

Julie betrachtete den jungen Eskimo mit dem braunen Gesicht. Er war hoch gewachsen, hatte eine gerade Nase und hohe Wangenknochen und seine Augen schimmerten unter den dunklen Brauen wie zwei Halbmonde. Er trug enge Lederhosen und darüber eine Jacke aus Rentierfell. Seine *Maklaks* waren aus Eisbärfell, die mit schwarzweißem Kalbsfell besetzt waren. An den Ärmeln seiner Jacke und an den Schuhen hingen Hermelinschwänze, deren schwarze Enden bei jeder Bewegung hin- und herschwangen. Auf Julie, die demnächst fünfzehn wurde, wirkte er schon ziemlich alt, bestimmt achtzehn oder neunzehn. Sie senkte ihren Blick auf das Seehundsfell und nahm ihre Arbeit wieder auf.

»Du bist ja wirklich so hübsch, wie man sagt«, sagte Peter.

Julie reagierte darauf gar nicht, sondern arbeitete weiter. Sie wollte nicht schön sein, sondern schlau und mutig, denn das waren die angesehenen Eskimotugenden. Erst als Peter Sugluk die Tür wieder hinter sich geschlossen hatte, hob sie den Kopf. Irgendwie kam es ihr aber so vor, als hätte er kurz mit den Fußspitzen auf den Boden getippt und die Handflächen in die Luft gehoben. So, als würde er einen Freudentanz aufführen.

Zwei Wochen gingen ins Land. Der Nordpol wanderte wieder in den Einflussbereich der Sonne und die Tage wurden langsam türkisblau. Als am zweiundzwanzigsten Januar dann der blutrote Ball zum ersten Mal nach langen Monaten der Polarnacht wieder über dem Horizont auftauchte, hatte sich Julie längst an ihr Leben im neuen Zuhause und im Dorf gewöhnt.

Eines Tages, während Ellen in der Schule Unterricht gab und Kapugen am Tisch irgendwelche Papiere studierte, legte Julie ihre Arbeit zur Seite und ging zu ihm hinüber.

»*Aapa*«, sagte sie liebevoll, »ich bin lange durch die Tundra gewandert und habe mich dabei weit in die Traumwelt der Wölfe vorgewagt. Jetzt bin ich wieder zurück und hellwach und möchte dir gern zur Hand gehen.«

»Das ist eine gute Idee«, sagte er, schaute Julie an und bemerkte, dass sie einen Blick auf die Papiere warf, über denen er gerade saß.

»Das sind die Unterlagen über unsere Moschusochsen. Die Bank in Fairbanks finanziert uns die Zucht und deswegen müssen Malek, Peter und ich sie über die Tiere auf dem Laufenden halten.«

»Was für eine Zucht?«

»Heutzutage ist jedes Eskimodorf eine eigene Handelsgesellschaft«, erklärte Kapugen und stand vom Tisch auf. »Im Gegensatz zu den Indianern, die in Reservationen unter der Aufsicht des Staates leben, verwalten wir uns selbst, wie ein Wirschaftsunternehmen. Jeder im Dorf besitzt Anteile an der örtlichen Handelsgesellschaft und ist dadurch auch an dem Gewinn beteiligt.«

Julie verstand nicht ganz, was er sagte, aber weil es Kapugen anscheinend wichtig war, unterbrach sie ihn nicht.

»Die Kangik-Iñupiat-Handelsgesellschaft ist schon ziemlich groß«, sagte er und deutete auf die vielen Zahlen in seinem Buch. »Wir züchten Moschusochsen, haben eine Baufirma, einen Laden und ein Elektrizitätswerk. Darüber hinaus bekommen wir etwas Geld aus dem Verkauf des Öls, das hier gefördert wird.«

Als Julie immer noch nichts sagte, nahm Kapugen ihre Hände in die seinen.

»Miyax, du musst jagen lernen.«

»Ich kann bereits jagen«, antwortete sie. »Ich kann Fallen auslegen und Schneehühner und Schneehasen darin fangen.«

»Du musst lernen, wie man mit einem Gewehr umgeht«, sagte er. »Wir brauchen dich. Kangik ist inzwischen fast ein Geisterdorf. Schon seit zwei Jahren sind die Karibus nicht mehr hierher gekommen, und die Leute haben Hunger. Viele Leute sind nach Wainwright oder Barrow gezogen und ihre Häuser stehen leer.«

»Das ist schlimm«, sagte Julie.

»So ist es nun mal«, meinte er. Dann ging Kapugen ins Schlafzimmer. Er kam mit einem zweiundzwanziger Gewehr zurück und klappte den Lauf nach unten.

»Herrscht hier in Kangik denn wirklich so große Not?«, wollte Julie wissen. »Ich bin oben am Fluss deinen Freunden Uma und Atik begegnet, und Uma hat mir erzählt, dass die Bewohner von Kangik enorm viel Geld damit verdienen, dass sie aus Moschusochsenwolle Fäustlinge und Pullover stricken. Sie sagte, dass du Moschusochsen züchtest um deinem Dorf zu helfen und dass du einer der führenden Leute hier bist.«

»Uma ist freundlich«, sagte Kapugen lächelnd. »Aber sie wurde dazu erzogen, führende Leute zu bewundern, ganz egal, was sie tun.«

»Verstehe«, sagte Julie leise.

»Das weiß ich«, antwortete Kapugen und betrachtete seinen Fliegerhelm und die Schutzbrille. »Das weiß ich wirklich«, wiederholte er. Er wusste inzwischen auch, dass der Wolf, den er vom Flugzeug aus erschossen hatte, ihr Freund gewesen war. Julie sah ihm das am Gesicht an. Kapugen wirkte sehr unglücklich.

»In Kangik geht die Nahrung zur Neige«, sagte er schnell und wechselte das Thema.

»Kannst du denn nicht mit dem Flugzeug amerikanisches *Gussak*-Essen fürs Dorf herholen?«

»Wenn die Karibuherden nicht mehr kommen, dann kann uns auch die Nahrung der Weißen nicht gesund erhalten.«

»Und was ist mit Fisch?«, fragte Julie.

»Fisch ist gut, aber um uns gegen die Kälte zu wappnen, brauchen wir auch Fleisch und Fett«, antwortete Kapugen. »Außerdem gibt es nichts Besseres als Karibu- und Walfleisch.«

Julie lächelte. »Das stimmt.«

Kapugen füllte einige Kugeln in das Magazin des Zweiundzwanzigers und legte dann den Sicherungshebel um, damit das Gewehr nicht aus Versehen losgehen konnte. Dann reichte er es Julie. Gemeinsam gingen sie in den *Qanitchaq* hinaus und zogen sich ihre allerwärmsten Kleidungsstücke an. Kapugen griff sich seinen Bärentöter. Er legte den Trageriemen über den Kopf und schob sich das Gewehr auf den Rücken. Als Julie auch fertig war, öffnete Kapugen die Tür. Die kalte Luft sog ihnen den Atem vom Mund und wirbelte ihnen Schnee ins Gesicht.

Obwohl es schon zehn Uhr vormittags war, ging die Sonne gerade eben erst auf. Das rötliche Licht glänzte auf dem schmalen Eisband des zugefrorenen Flusses Avalik und auf dem breiten Becken des Kuk-Meeresarms dahinter. Das Dorf bestand aus einer Ansammlung kleiner Holzhäuser, die wegen des Permafrostbodens auf Stelzen standen. Um sie herum erstreckte sich die weite, öde Tundra.

Beim Anblick der Häuser hielt Julie den Atem an. Das Dorf, das ihr bei ihrer Rückkehr aus der Wildnis so lebendig erschienen war, kam ihr jetzt hässlich und trübselig vor. Viele der Häuser, von denen einige ursprünglich einmal überdimensionale Packkisten gewesen waren, in denen man Schneepflüge und LKWs in die Dörfer an der Eismeerküste verfrachtet hatte, waren verlassen und mit Brettern vernagelt.

Dann hörte Julie ein gedämpftes Grummeln.

»Was ist denn das?«, fragte sie. »Irgendwie kenne ich es. Ich höre es oft in der Nacht.«

»Das ist der Generator«, antwortete Kapugen. »Er wird mit Diesel betrieben und liefert uns Elektrizität für unsere Radios, die Öfen und das Licht.«

Der brummende Generator klang ein bisschen wie ein schlafender Bär und verlieh damit dem stillen, kalten Dorf einen Anschein von Leben. Nach und nach konnte Julie auch noch andere Töne ausmachen. Einmal bellte ein

Hund, dann quietschte eine Tür in ihren Angeln und irgendwo rief jemand etwas. Doch die eisige Kälte schien alle Geräusche im Nu wieder zu verschlucken. Julie lauschte noch aufmerksamer. Aber der Wolf Kapu war nicht zu hören.

Ihr Vater Kapugen signalisierte ihr, dass sie ihm folgen solle. Gemeinsam marschierten sie auf dem zugefrorenen Fluss in östlicher Richtung durch das milchige Polarlicht. Etwas später blieben sie stehen und sahen zu, wie die Sonne die baumlose, schneebedeckte Fläche erstrahlen ließ.

»Ich glaube, du wirst Ellen mögen«, sagte Kapugen nach einer Weile. Julie reagierte nicht.

Sie wanderten weiter den Fluss hinauf. Ihre Tritte zerrieben das Eis zu Schnee, der quietschte wie ein Finger auf feuchtem Glas, und es blieb eine feine, weiße Spur zurück. Nachdem die Sonne sich etwa eine Stunde über dem Horizont gehalten hatte, war sie schon wieder dabei, langsam unterzugehen. Kapugen wandte sich zu Julie.

»Zuerst versuchen wir es mit der Jagd auf Füchse«, sagte er. »In der Nähe des Moschusochsen-Pferchs gibt es immer ein paar. Schau genau zu, was ich mache. Auch ich habe jagen gelernt, indem ich meinem Vater hinterhergelaufen bin und zwar direkt in seinen Fußstapfen. Das ist immer noch die beste Methode.«

Julie folgte ihrem Vater in seinen Fußstapfen, als dieser den vereisten Fluss verließ und hinaus in die Tundra marschierte. Der eisige Nebel, der in der Dämmerung aufgezogen war, wurde nach Sonnenuntergang immer dichter.

Nach einer kurzen Wanderung öffnete Kapugen ein Gatter, durch das er und Julie auf eine große, abgezäunte Weide traten. Im bläulichen Nebel konnte Julie schwarze Umrisse ausmachen, die aussahen wie übermannshohe Felsen. Es waren die elf Moschusochsen. Verwundert starrten sie Julie und ihren Vater an. Ihr Atem dampfte über ihren Köpfen.

Ein Wolf heulte und Julie blickte Kapugen erschrocken an.

»Die Jagd können wir vergessen«, sagte er. »Wenn ein Wolf heult, verstecken sich die Füchse.«

»*Ee-lie*, Kapu«, flüsterte Julie dem Wolf zu, »bleib, wo du bist, komm auf keinen Fall näher!«

Julie und Kapugen blieb nichts anderes übrig, als sich auf den Heimweg zu machen.

Wieder stieg eiskalter Nebel vom Boden auf, als Julie und Kapugen viele Tage später zum Pferch zurückkehrten, um noch einmal auf Fuchsjagd zu gehen. Kapugen schritt durch eine Wolke funkelnder Eiskristalle, die über der ruhig ausgebreiteten Tundra schwebte, und Julie folgte ihm in seinen Fußstapfen.

Nachdem er ziemlich lange gegangen war, blieb Kapugen stehen. Er fixierte mit den Augen einen Punkt weit vor ihm und Julie versuchte herauszufinden, was er dort wohl sehen könnte. Ein kleiner, dunkler Fleck erschien und verschwand wieder wie Sternenlicht, das nachts auf dem Meer glitzert.

»Leg das Gewehr an«, flüsterte Kapugen. »Wenn der Fuchs stehen bleibt, dann musst du Kimme und Korn deines Gewehrs zur Deckung bringen. Dann entsicherst du es und drückst ganz langsam ab.«

Julie schoss und verfehlte das Ziel. Kapugen ging weiter und drehte dabei den Kopf von rechts nach links. Er suchte die verschneite Gegend ab. Mit den Händen hielt er dabei das quer über seinem Rücken hängende Gewehr fest. Kapugen achtete auf die kleinste Bewegung und lauschte auf jedes noch so weit entfernte Geräusch. Er jagte wie ein Wolf und genauso wie ein Wolf wusste er, wenn es keine Beute gab. Als sie auf dem Rückweg wieder am Pferch waren, machte er Halt und untersuchte die *Uminmaks*.

Bevor sie nach Hause gingen, schob er mit dem Fuß den Schnee am Gatter beiseite. Es war nicht sehr viel, denn der Wind hatte den Schnee über der flachen Tundra abgetragen und an vielen Stellen Riedgräser freigelegt. Diese Tatsache war mit ein Grund dafür, dass die arktische Tundra ein guter Lebensraum für die Gras fressenden und den arktischen Bedingungen vorzüglich angepassten Moschusochsen war. Bei einer nur knapp achtzehn Zentimeter hohen Krüppelbirke blieb Kapugen stehen und deutete auf den Boden. Um den Stamm des Baumes herum wuchsen Heidelbeeren, Labrador-Tee und ein paar Zwergweiden.

»Die mögen die *Uminmaks* besonders gern«, sagte er zu Julie und untersuchte die Pflanzen genauer. »Sie sind bis knapp über den Wurzeln abgefressen – offenbar finden die Moschusochsen hier nicht genügend Nahrung.«

»Außerhalb des Zauns ist das Gras aber höher«, sagte Julie. »Warum lässt du sie denn nicht frei herumlaufen?«

»Weil wir so viel leichter an das *Qivit* herankommen«, antwortete Kapugen. »Und außerdem«, fügte er unwirsch hinzu, »sind die Ochsen da drinnen sicher vor den Wölfen.«

Julie schoss das Blut in den Kopf. Sie schloss die Augen und schluckte ein paar Mal.

»Ich fliege in den nächsten Tagen nach Barrow«, sagte Kapugen. »Dort kaufe ich Luzerne für die *Uminmaks*, damit sie mehr zum Fressen haben.« Dann wandte er sich zum Gehen und Julie folgte ihm in seinen Fußstapfen.

Als sie schon fast zu Hause waren, drehte Kapugen sich um. »Für ein weißes Fuchsfell bekomme ich in Fairbanks fünfzig Dollar.«

»Fünfzig Dollar«, murmelte Julie vor sich hin und warf einen Blick auf das Dorf. Sieben Monate lang hatte sie nur an sich, ihr Überleben in der Tundra und an ihre Wölfe gedacht. Während sie jetzt hinter ihrem Vater herlief, spürte sie, dass es Zeit war, wieder am Eskimoalltag teilzunehmen und die Familie und die Dorfgemeinschaft zu unterstützen.

Den nächsten Fuchs würde sie nicht verfehlen.

Julie lief nicht einfach stur hinter Kapugen her, sondern folgte aufmerksam seinem Blick und spürte jedem Geruch nach, wenn sie sah, dass er prüfend die Luft einsog. Wenn ihr Vater stehen blieb und lauschte, dann machte auch Julie Halt und lauschte in die Stille.

Plötzlich flatterte ein Schneehuhn auf und verschwand in der Eiswolke, die es aufgewirbelt hatte.

»Wie viel bekommt man für so ein Schneehuhn?«, fragte Julie.

»Zehn Dollar«, antwortete Kapugen. Julie dachte an das riesige Eisbärfell, das sie in Barrow gesehen hatte. Wahrscheinlich brachte es so viel, dass sich alle Einwohner von Kangik satt essen könnten.

»Und wie viel bringt ein *Nanuq?*«, rief Julie durch den Wind.

»Gar nichts«, antwortete Kapugen. »Nur wir Eskimos wissen, wie man den großen, weißen Bär *Nanuq* aufspürt, und wenn wir einen erlegen, dann wird er nicht verkauft. Der Bär schenkt sich uns Jägern und wir schenken ihn unseren Leuten. So war es schon immer.«

Julie nickte.

Inzwischen waren sie an einem dreieckigen Unterstand angekommen, der mitten im Pferch der Moschusochsen stand. Das stabile Gebäude bestand aus dickem Sperrholz und hatte ein Wellblechdach.

»Hier drin lagern wir das Heu und die Luzerne für die *Uminmaks*«, erklärte Kapugen, »damit sie nicht vom Schnee zugeweht werden.«

Ihr Vater blickte auf und lächelte. Auch Julie hob den Kopf und sah einen einzelnen Moschusbullen auf sie zugaloppieren. Julie warf ihrem Vater einen Blick zu, aber Kapugen wirkte nicht beunruhigt, und tatsächlich, als das Tier nur noch ein paar Meter entfernt war, machte es Halt. Der Bulle beäugte die beiden. Von seinen Schultern hing das *Qivit* in Fetzen herab.

Der Bulle war zwar wuchtig, aber nicht besonders groß und reichte Kapugen nicht einmal bis zur Brust. Die mächtigen Nackenmuskeln bildeten auf seinem Rücken einen Höcker, der höher war als sein Kopf. Sein Schwanz war auffällig kurz und seine Zotteln reichten bis auf den Boden hinab, fast so, als würde er einen Rock tragen. Mit seinen gewaltigen Füßen war es für das Tier ein Leichtes, Eis zu zerstampfen. Auf seinem Kopf thronte ein Paar lange, kühn gebogene Hörner. Irgendwie erinnerte das stämmige, unerschütterlich wirkende Tier an die wilden Mammuts längst vergangener Zeiten. Der Bulle schnaubte wütend.

»Der Moschusochse ist das letzte Überbleibsel aus der Urzeit«, sagte Kapugen. »Bei den Weißen heißen sie Schafsochsen und wir Eskimos nennen sie *Uminmaks* – das heißt, Tiere, die wie geschaffen sind für Eis, Wind und Schnee.«

Kapugen hielt dem Bullen einen Heidelbeerstängel hin. »Früher einmal«, fuhr er fort, »gab es in Nordalaska Millionen von *Uminmaks*. Aber als die Eskimos Gewehre bekamen, haben sie alle Moschusochsen abgeschossen. Nicht einer blieb übrig. Später hat die amerikanische Regierung versucht, sie wieder heimisch zu machen, und deswegen wurden 1930 in Grönland dreiunddreißig Kälber gekauft, um sie auf Nunivak Island freizulassen. Als sie sich nach ein paar Jahren vermehrt hatten, wurden wieder einige Kälber nach Fairbanks gebracht und dort freigelassen. Und so gibt es hier heute in North Slope wieder wilde Moschusochsen. Als ich mich vor ein paar Jahren entschloss, Jungbullen und einige junge Kühe nach Kangik zu bringen, um in die *Qivit*-Verarbeitung einzusteigen, hat mich die Regierung auch dabei finanziell unterstützt.«

Der Bulle schnaubte und scharrte mit den Hufen. Dann rieb er sich den Kopf an seinem Vorderbein.

»Ist er wütend?«, wollte Julie wissen.

»Nein. Er reibt bloß die Drüse, die er neben dem Auge hat, an seinem Bein. Dabei entsteht ein starker Geruch, mit dem er die Herde warnt. Der riecht aber nicht nach Moschus, sondern frisch und sauber, so wie Schnee.«

»Wovor hat er Angst?«, fragte Julie.

»Moschusochsen sind Beutetiere«, sagte Kapugen. »Und deswegen müssen sie immer auf der Hut sein: vor dir, vor mir, vor unseren Gewehren und vor jedem Geruch, den der Wind herbeiweht.« Kapugen sog die Luft tief in die Nase hoch und blinzelte in den funkelnden Schnee. »Jetzt spürt er, dass die Grislibären aus dem Winterschlaf erwacht sind.«

»Grislis?«, fragte Julie ungläubig.

»Bei der Wärme in der letzten Woche ist Aklaq aufgewacht«, erklärte Kapugen. »Sie hat zwei einjährige Junge und die sind immer hungrig. Die Bärin hält sich die ganze Zeit in der Nähe der Moschusochsen auf«, fuhr er fort, »und das ist nicht gut. Denn die Grislis töten die *Uminmaks* genauso wie die Wölfe. Das *Uminmak* ist kleiner als der Bär und längst nicht so schlau.«

Kapugen hielt lauschend die Hände an die Ohren.

»Die Herde kommt«, sagte er und lächelte stolz. Aus dem eisigen Glitzern trabten die restlichen Moschusochsen herbei, und wie sie so auf Julie und Kapugen zukamen, sah es aus, als rollten sie auf Rädern und würden vom Wind herbeigetrieben. Es war eine robuste Herde, die eng zusammenhielt. Nach und nach verlangsamten die Tiere ihr Tempo, zögerten, dann bewegten sie sich im Kreis, wobei sie die einjährigen Kälber in die geschützte Mitte abdrängten.

»Irgendetwas beunruhigt sie«, sagte Kapugen und blickte sich um.

»Glaubst du, dass der Bär hier in der Nähe ist?«, fragte Julie, hatte aber insgeheim Angst, dass es sich um einen ihrer Wölfe handeln könnte.

»Ich weiß es nicht«, antwortete ihr Vater.

Jetzt, wo die Herde ganz nah war, konnte Julie den Unterschied zwischen den weiblichen und männlichen Tieren deutlich erkennen. Die Weibchen waren kleiner, und ihre Hörner wuchsen nicht direkt oberhalb der Augenbrauen aus dem Schädel, so wie sie es bei den männlichen Tieren taten. Männchen wie Weibchen hatten große, hervorspringende Augen, mit denen die Tiere auch erkennen konnten, was seitlich neben ihnen passierte, was sich vor und sogar hinter ihnen tat, und außerdem sahen sie in der Dunkelheit ebenso gut wie im blendend hellen, auf dem Eis glitzernden Sonnenlicht. *Uminmaks* sind vorzüglich an Dunkelheit, Helligkeit, an die Sonne und an intensive Kälte angepasst.

Kapugen gab ein Muhen von sich.

Eine Moschuskuh verließ die Herde und kam auf ihn zu. Als sie Julie sah, zögerte sie, aber Kapugen ging mit einem sanften Brummen langsam auf sie zu. Als er ganz nah bei ihr angekommen war, streckte er die Hand aus und kraulte die Kuh an der Stirn.

»Das ist Siku, Miyax«, sagte er. »Ich habe sie in der Tundra gefunden, nachdem ihre Mutter von einem Rudel Wölfe getötet wurde. Und weil Siku damals noch im Leib ihrer Mutter war, habe ich den Bauch geöffnet und die kleine Moschuskuh herausgeholt. Dann habe ich sie in ein Karibufell gewickelt und sie nach Hause mitgenommen. Ich habe sie mit der Flasche gefüttert und sie hat überlebt. Das hat mich auf die Idee mit der Moschuszucht gebracht.«

»Sind sie schwer zu züchten?«, fragte Julie.

»Allzu schwierig ist es nicht«, antwortete Kapugen. »Weißt du, als es vor noch nicht allzu langer Zeit wieder einmal zu wenig Karibus gab, haben die Leute in Kangik, Wainwright und Barrow Rentiere gezüchtet. Damals hat Malek als Rentierhirte gearbeitet, und als ich ihm von meiner Idee erzählte, ist er gleich nach Kangik gekommen, um mir zu helfen. Mit einem Darlehen der Regierung von Alaska habe ich ein paar Moschusochsen gekauft. Zusammen mit Siku ergaben sie schon eine kleine Herde, und bald konnten wir das erste *Qivit* verarbeiten.«

Julie streckte langsam den Arm aus, um Siku zu berühren. Die Kuh rollte mit ihren großen Augen, blieb aber stehen und bewegte sich nicht.

»Siku«, sagte Kapugen, während er ihr lachend den Kopf rieb. »Mit dir hat alles angefangen.« Daraufhin schnaubte sie und trottete zurück zur Herde. Die *Uminmaks* hatten ihren festungsähnlichen Kreis wieder aufgelöst und grasten friedlich vor sich hin.

»Wie viele Moschusochsen hast du denn, *Aapa?*«, wollte Julie wissen.

»Insgesamt vier Bullen und sieben Kühe und Einjährige. Das ist nicht viel, aber die Herde wächst. Im Mai oder Juni werde ich vier kleine Kälbchen dazubekommen. Das heißt, wenn die Wölfe sie nicht erwischen.« Er schaute Julie direkt ins Gesicht.

Julie schwieg. Sie musste an den Tag denken, an dem mitten in der Tundra aus dem Nebel plötzlich ein Flugzeug aufgetaucht war und Amaroq, den intelligenten und freundlichen Leitwolf, erschossen hatte.

Julie wich dem Blick ihres Vaters aus, mit dem dieser ihr zu verstehen gab, dass er den Wolf zum Schutz dieser Moschusochsen hier getötet hatte. Seine Augen sagten ihr, dass er das Wohl seiner Leute im Sinn gehabt hatte und dass er so etwas, wenn nötig, immer wieder tun würde.

Julie hatte auf einmal furchtbare Angst um Kapu und sein Rudel. Sie hoffte inständig, dass sich ihre Wölfe in der Nähe der Karibus aufhalten würden, weit weg von hier.

Die Sonne, die zwei Stunden am Himmel gestanden hatte, ging in einem Nebel aus Eis wieder unter. Anfangs glühte sie noch funkelnd rot und dann verschwand sie. Als Julie und Kapugen sich auf den Heimweg machten, war die ganze Gegend wieder in das lang anhaltende Zwielicht der Nordpolarregion getaucht. In kurzer Zeit sank die Temperatur um zwölf Grad und der Wind frischte auf. Kapugen rupfte ein paar Haare aus dem Innenfell seiner Kapuze, feuchtete sie mit Spucke an und hielt sie in den Wind. Das Haarbüschel bog sich zur Seite und war im Nu zu einem kleinen Haken zusammengefroren.

»Wir haben Westwind«, stellte Kapugen fest. »Morgen ist es wahrscheinlich ruhig und wolkenlos.«

Dann nahm er seine Sonnenbrille ab und beobachtete den Himmel. »Wenn der Wind heute Nacht nicht umspringt, dann fliege ich morgen nach Barrow.«

»Willst du Futter für die *Uminmaks* kaufen?«

»Wenn ich noch genügend Zeit dafür habe, ja. Aber morgen muss ich mit meiner Frau zum Arzt.«

»Ist Ellen denn krank?«, fragte Julie vorsichtig.

»Sie erwartet ein Kind«, antwortete Kapugen und grinste so breit, dass seine Zähne im dämmrigen Zwielicht schimmerten.

Sie ist schwanger, dachte Julie. Bald würde ein Kind auf die Welt kommen. Sie war hin und her gerissen zwischen Freude und Widerstreben. Der Gedanke an ein Baby löste einerseits ein warmes Gefühl in ihr aus, aber andererseits wusste sie auch, dass sie ihren Vater dann schon bald wieder verlieren würde.

Julie ging stumm neben Kapugen her. In der purpurnen Dämmerung bellte es irgendwo.

»Ich höre diese Hunde öfters bellen«, meinte Julie. »Sind das deine?«

»Ja, das sind meine Schlittenhunde«, antwortete er.

»Aber du hast doch einen Motorschlitten«, sagte Julie. »Wozu brauchst du dann noch Hunde?«

»Stimmt schon, ich habe sogar mehrere Schneemobile«, antwortete ihr Vater. »Aber ich mag Hunde nun mal.«

»Ich auch«, sagte Julie und dachte dabei daran, dass diese wunderschönen Tiere von den Wölfen abstammten.

Nördlich des Dorfes erreichten sie eine große Wellblechbaracke, die am Rand einer aus Stahlblechen zusammengesetzten Landepiste stand.

»Dort drüben steht das Flugzeug-Iglu«, erklärte Kapugen und deutete dabei auf die Baracke. Das war also der Hangar für das Flugzeug ihres Vaters. »Und das dort ist die Start- und Landebahn«, setzte Kapugen hinzu, wobei er auf das metallene Gitterblech wies. »Wenn ich morgen los will, muss ich das Flugzeug jetzt überprüfen. Willst du es sehen?»

Nein, Julie wollte nicht. Niemals wollte sie das Flugzeug sehen, aus dem die schrecklichen Schüsse gefallen waren. Sie war immer noch traurig über den Tod von Amaroq. Und dort drüben in diesem Iglu stand der stählerne Vogel eines Vaters, den sie nicht kannte. Julie zog sich einen Fäustling aus und griff in ihre Tasche. Dort bewahrte sie das Totem auf, das sie nach Amaroqs Tod geschnitzt hatte, um seine Seele aufzubewahren. Als sie das Totem umklammerte, fühlte sie sich ein wenig besser.

»Was ist? Kommst du mit hinein?«, fragte Kapugen.

»Ich gehe lieber noch ein bisschen auf die Jagd«, sagte Julie. »Für ein Schneehuhn bekomme ich zehn Dollar und dafür kannst du dann Futter für Siku kaufen.«

»Ich habe dort drin einen Schatz für dich«, meinte ihr Vater. Er deutete auf die Wellblechhütte und lächelte breit. Julie drehte sich um. Sie wollte das Flugzeug nicht sehen.

»Ich habe ein paar Hermelinpelze«, sagte ihr Vater und griff nach Julies Hand. »Wunderschön glänzendes, weißes Hermelin. Daraus kannst du dir etwas ganz Feines nähen.« Seine Augen sagten Julie, wie sehr er sie liebte. »Schau sie dir doch mal an. Sie sind in einer Kiste neben der Tür. Eigentlich wollte ich sie dem Pelzhändler in Fairbanks verkaufen, aber als du dann plötzlich nach Hause gekommen bist, war mir klar, dass sie nur für dich sein können.«

Kapugen ging zu einer kleinen Tür, die im großen Tor des Hangars eingelassen war, und hielt sie für Julie auf.

»Ich muss jagen lernen«, sagte Julie und wandte sich ab. »Ich will erst einen Fuchs oder ein Schneehuhn schießen. Danach schau ich mir dann meinen Schatz an.« Sie lächelte, verschwand hinter der Ecke der Wellblechbaracke und Kapugen schloss die Tür hinter sich.

In diesem Moment hörte Julie einen Wolf heulen.

Sie schloss die Augen und wünschte sich, der morgige Tag möge klar und windstill sein, damit der Metallvogel Ellen und Kapugen nach Barrow bringen konnte. Wenn sie einen Tag allein wäre, dann könnte sie ihre Wölfe zu sich rufen und ihnen erklären, dass sie von hier fliehen mussten. Denn hier drohte ihnen Gefahr durch Kapugen, der alles für die Sicherheit seiner Moschusochsen tun würde.

Eine Stunde, bevor Kapugen nach Barrow losfliegen wollte, drehte der Wind.

Über Kangik zogen Wolken auf und Kapugen änderte seinen Plan.

»Wir müssen heute zu Hause bleiben«, sagte er, während er aus dem Fenster schaute, wo eine wirbelnde Schneebö die ganze Stadt mit einer weißen Hülle überzog.

Julie musste also ihre Pläne ebenfalls ändern. Weil sie Kapu nicht warnen konnte, machte sie es sich auf dem *Iglek* gemütlich und dachte über ihre Wölfe nach. Sie würden sich in Schneemulden zusammenrollen, bis sie ihre Nasen unter die Schwänze stecken konnten und die Pfoten unter ihre Körper schieben. Binnen kurzem würden sie so weiß wie der Schneesturm selbst sein. Julie lächelte. Heute würden sie jedenfalls nicht Jagd auf die Moschusochsen machen.

Julie nahm den neuen Anorak zur Hand, an dem sie gerade nähte, weil ihr alter dringend ersetzt werden musste. Sie hatte vor, ihn mit Karibufell zu füttern, denn das bot die denkbar beste Isolierung. Mit diesem Anorak würde sie auch bei Temperaturen weit unter dem Gefrierpunkt aus dem Haus gehen und sich dennoch fast so geborgen fühlen können wie die Wölfe in ihrem Fell.

Ellen, die sich bereits für die Reise nach Barrow umgezogen hatte, schlüpfte jetzt wieder in ihre *Qaliguuraq*, das lange Eskimokleid, das mit einer dicken Krause gesäumt ist. Dann stellte sie das CB-Funkgerät an.

»An alle Kinder von Kangik«, sagte sie in ihrem schroffen amerikanischen Tonfall. »Der Unterricht findet heute doch statt. Hört ihr mich, Roy, Ernie, Edna, Benjamin, Larry? Der Unterricht findet heute statt. Bitte kommen.« Dann stellte sie auf Empfang um.

»Guten Morgen, Frau Lehrerin, einen schönen guten Morgen«, sagte eine Kinderstimme. »Die Verständigung ist gut. Heute gibt es Unterricht. Ende.« Die Stimme klang ziemlich froh.

Ellen griff nach ihrer Schultasche und öffnete die Tür in den *Qanitchaq*. Als sie am *Iglek* vorbeikam, betrachtete Julie zum ersten Mal ihre Figur. Unter ihrem *Qaliguuraq* zeichnete sich deutlich ihr runder Bauch ab. Julie überlegte, ob das Baby wohl rote Haare haben würde.

An der Haustür hielt Ellen einen Moment inne und wandte sich an Kapugen.

»Kapugen«, sagte sie und sah hinüber zu Julie, »würdest du Julie bitte fragen, ob sie heute Lust hat, mich zur Schule zu begleiten? Sie versteht leider kein Englisch, also wärst du so nett, ihr zu sagen, dass ich mich freuen würde, wenn sie mich begleitet?«

»Miyax«, sagte ihr Vater sanft, »*minuaqtugvik*?«

Julie schüttelte den Kopf.

Ellens blasse Augen blitzten auf. Sie bat Kapugen, das Angebot zu wiederholen. Daraufhin lächelte er und gab ihr einen zärtlichen Kuss auf die Wange. Aber er verlangte keinen Gehorsam von Julie.

Ellen zuckte mit den Schultern. Als sie die Haustür geöffnet hatte, fegte der Wind hinein und rüttelte an der inneren Tür; dann war Ellen weg. Julie und Kapugen saßen stumm da. Kapugen holte sich das Buch, in dem er notiert hatte, was er den Dorfbewohnern aus Fairbanks hätte mitbringen sollen. Kaum hatte er es geöffnet, klappte er es auch schon wieder zu.

»Los, komm, wir gehen Fische fangen, Miyax«, sagte er. »Fischen kann man auch bei Sturm. Und sowohl die Hunde als auch die Leute im Dorf brauchen mehr Fische.«

Julie rutschte vom *Iglek* herunter. »Ja, da komme ich gern mit«, sagte sie.

»Und falls wir viele *Iqaluk* fangen, können wir sie in meinem Eiskeller einfrieren.«

Julie nickte. Sie wusste, dass in den Vorratsgruben im eisigen Dauerfrostboden sowohl Fische als auch andere Tiere sommers wie winters tiefgekühlt lange Zeit haltbar blieben.

»Und wenn wir fertig sind«, fuhr er fort, »dann könntest du ja vielleicht mit den Schlittenhunden in einem weiten Bogen einmal um das Duck-Camp herumfahren. Sie brauchen dringend Bewegung.«

»Das würde ich gerne machen«, sagte Julie und versuchte, nicht allzu eifrig zu wirken. Schließlich wäre so ein Ausflug eine gute Gelegenheit, in die Tundra hinauszukommen, wo sie ihre Wölfe mit ein paar Warnschreien davon abhalten könnte, sich dem Dorf zu nähern.

»Bis zum Mittag kann ich mit dir fischen gehen«, meinte Kapugen, während er alles zusammensuchte, was sie dazu brauchten. »Dann muss ich wieder zurück, weil ich auf einen Anruf des Vorstandsvorsitzenden der Kangik-Iñupiat-Gesellschaft warte.«

»Aber ich weiß doch gar nicht, wo das Duck-Camp genau liegt!«, sagte Julie, ohne sich zu dem hochtrabend klingenden Titel des bedeutsamen Mannes zu äußern, für den ihr Vater vom Fischen nach Hause zurückkehren musste.

»Keine Sorge, die Hunde kennen den Weg«, antwortete er. »Der schwarzweiße Hund mit den weißen Augenbrauen ist der Anführer. Er heißt CB und wird dich sicher zum Camp und wieder zurück bringen.«

»Wunderbar«, sagte Julie und schlüpfte in ihren warmen Anorak und die Stiefel.

Durch den leichten Schneefall schleppten Kapugen und Julie ein Fischernetz und Eisbeile hinaus auf den Fluss. Mit seinem Messer schnitt Kapugen Blöcke aus dem Schnee und baute daraus eine Wand, um den Wind abzuhalten. Dann öffnete er eine Reihe von Löchern im dicken Eis, die seit seinem letzten Besuch wieder zugefroren waren. Er befestigte ein Ende des Netzes an der Eisoberfläche und ließ das andere Ende durch eines der Löcher ins Wasser sinken. Dann ging er zum zweiten Loch. Mit einem langen Pfahl, an dessen Ende ein Haken saß, tastete er so lange darin herum, bis er das Netz zu fassen bekam. Er zog ein Ende des Netzes aufs Eis und sicherte es ebenfalls mit einem kleinen Holzpflock. Das machte er nacheinander bei allen Löchern, wobei er leise vor sich hin summte. Als er das hintere Ende des Netzes am letzten Loch befestigt hatte, zog er bei allen Löchern bis auf das erste und das letzte die Holzpflöcke wieder heraus und spannte das Netz, bis es straff unter dem Eis hing.

»Diese Art zu fischen habe ich von meinem Großvater gelernt«, sagte Kapugen. »Und der hatte es von seinem Vater. Du musst es deinen Kindern ebenfalls weitergeben, Miyax. Diese Methode hat sich bestens bewährt.«

»Das werde ich machen, *Aapa*«, antwortete Julie. »Ganz bestimmt.«

Kapugen breitete sein Karibufell aus und die beiden setzten sich im Schutz der Mauer aus Schneeblöcken darauf und beobachteten die Wolken, den weißen Fluss und das Land.

Nachdem sie ziemlich lange so gewartet hatten, rüttelte Kapugen leicht am Netz und stellte fest, dass sich bereits zahlreiche Fische darin verfangen hatten. Durch das erste, etwas größere Loch zogen Julie und ihr Vater das Netz mit den Fischen heraus. An die sechzig silbrig glänzender Leiber klatschten auf das Eis. Kapugen befreite die Tiere mit seinen bloßen Händen aus dem Netz und warf sie in einen Weidenkorb, den Julie dann zum Eiskeller schleppte. Gemeinsam legten sie das Netz ein zweites Mal aus und setzten sich wieder auf das Karibufell. Mit dem Holz, das sie von zu Hause mitgebracht hatten, entzündete Kapugen ein kleines Feuer. Weil die Schneewand die Wärme zurückstrahlte, wurde es Julie und ihrem Vater bald angenehm warm. Julie zog einen Streifen gedörrtes Karibufleisch aus ihrer Anoraktasche und ein Stück *Maktak*, gefrorenen Wal. Sie kauten ruhig vor sich hin und sahen zu, wie um sie herum der Schnee fiel.

Während sie darauf warteten, dass ihnen im dunklen Wasser unter dem Eis noch mehr Fische ins Netz gingen, unterhielten sich Julie und ihr Vater angeregt. Julie hatte den Eindruck, dass ganz langsam wieder der Vater zum Vorschein kam, den sie von früher her kannte, und sie spürte, wie zufrieden sie das machte. Als Kapugen für jeden eine Tasse Tee bereitete, war die lange Trennung wie weggeweht.

Mit der Zeit ließ das Schneegestöber nach, bis irgendwann nur noch winzige Eiskristalle durch die Luft schwebten. Kurz vor Mittag ging Kapugen nach Hause, um auf seinen Anruf zu warten. Nachdem Julie noch ein paar Mal das prall gefüllte Netz auf das Eis heraufgezogen hatte, ging sie los, um die Schlittenhunde einzuspannen.

Die sechs Alaska-Eskimohunde von Kapugen waren hinter dem Hangar. Sie begrüßten Julie herzlich, und als sie ein

Schlittengeschirr von der hinteren Wand des Hangars nahm, begannen die Tiere vor lauter Freude laut zu bellen. Sie wussten, dass sie gleich losrennen durften. Der Name eines jeden Hundes stand auf seinem Geschirr sowie auf seinem Hundehalsband. Zuerst lernte Julie alle Namen auswendig, dann zog sie den Schlitten heraus und befestigte die Zugleine mit dem Geschirr daran. Als Nächstes breitete sie die Leine auf dem Boden aus, suchte das Geschirr des Leithundes CB und streifte es ihm über. Dann stellte sie die Bremse am Schlitten fest. Während Julie den restlichen Hunden das Geschirr überzog, bewegten sich die Tiere unruhig hin und her, bäumten sich auf und zogen an den Leinen. Irgendwann hörte Julie auf, in *Yupik* auf sie einzureden, und gab stattdessen Wolfsgeräusche von sich. Sie schnappte sogar mit ihrem Mund nach den Schnauzen der Hunde, um ihnen zu erklären, dass sie hier das Sagen hatte. Die Hunde sahen sie neugierig an und waren auf einmal ruhig. Nur bei einer Hündin, die Minnesota hieß und vermutlich Ellen gehörte, funktionierte das nicht. Julie musste sie laut anschreien. Als auch das nichts half, knurrte Julie und bleckte die Zähne, bis Minnesota sich davonschlich und aufhörte, nach CB zu schnappen.

Danach kraulte sie Snowbird, einen von den freundlicheren Lasthunden, und befestigte sein Halsband an der Leine. Er winselte ihr freundschaftlich zu. Als Julie alle Hunde angeschirrt hatte, aber noch nicht auf den Kufen hinten am Schlitten stand, machte CB einen so kräftigen Satz nach vorn, dass er die Bremse aus dem Schnee riss. Die Hunde fingen an zu laufen.

Julie rannte hinterher, bekam den Schlitten zu fassen, sprang hinauf und drückte mit ihrem ganzen Gewicht den langen, hölzernen Dorn der Bremse tief in den Schnee.

Daraufhin blieben die Hunde stehen. Um auf den Hund einen riesengroßen und bedrohlichen Eindruck zu machen, breitete Julie beide Arme aus und ging so zu CB nach vorne. Dort legte sie ihr Kinn auf seine Schnauze und blickte ihm direkt in die Augen.

»Ich bin hier der Boss«, knurrte sie so böse, dass CB seinen Schwanz einzog und unterwürfig die Ohren anlegte. Dann leckte er ihr übers Gesicht. Julie lachte, kraulte ihm die Ohren und ging langsam wieder nach hinten, war aber bereit, jeden Moment wieder loszuknurren, falls sich CB noch einmal in Bewegung setzen sollte. Alle Hunde wedelten mit ihren Schwänzen und winselten, als sie an ihnen vorbeikam.

»Ich mag euch auch«, sagte Julie und war glücklich darüber, dass sie sich mit diesen nahen Verwandten der Wölfe verständigen konnte.

Hinter dem Schlitten kletterte Julie langsam wieder auf die Kufen. CB und seine Hunde warteten respektvoll auf ihre Befehle. Julie lockerte die Bremse, gab aber noch kein Kommando. Die Hunde drehten sich zu ihr, um herauszufinden, was los war. Julie stand aufrecht da und hielt ihren Kopf so stolz in die Höhe, wie Amaroq es getan hatte, der sein Rudel mit der wortlosen Sprache der Autorität geführt hatte. Die Hunde sahen sie an und wedelten mit den Schwänzen. Julie musste lächeln.

»Und los«, rief sie, und die Hunde setzten sich in Bewegung.

Julie ließ sie an Kapugens grünem Boot Halt machen, um sich zu vergewissern, dass sie die Tiere auch wirklich unter Kontrolle hatte. Als CB wieder einen plötzlichen Sprung nach vorne machte, knurrte sie sofort los. Daraufhin drehte er sich nach ihr um, lachte sie mit offenem Maul an und wedelte einmal mit seinem Schwanz. Auf diese Weise entschuldigte er sich dafür, dass er sie geärgert hatte.

Kapugen hatte Julie und die Hunde durchs Fenster beobachtet, und als er sah, wie sie miteinander umgingen, feixte er vor Vergnügen. In seiner Tochter lebte der Geist der Wildnis.

»Und los«, rief Julie und CB und seine Hunde liefen los. Bald lag Kangik hinter ihnen.

Durch den Schleier aus Schneekristallen hindurch suchte Julie den Horizont nach ihren Wölfen ab. Am Pferch hielt sie an, um festzustellen, ob die Wölfe womöglich dort gewesen waren. Aber der Schnee hatte sogar die tiefen Hufspuren der Moschusochsen zugeweht, so dass die vergleichsweise flachen Spuren der Wölfe längst nicht mehr zu sehen gewesen wären.

»Und los«, rief Julie dann, und der Schlitten setzte sich mit einem Ruck in Bewegung. Minnesota zog nach links und der Schlitten legte sich auf die Seite. Um ein Haar wäre Julie hinuntergefallen. Im letzten Moment jedoch zog CB stark nach rechts, so dass der Schlitten wieder auf beiden Kufen lief. Mit gesenktem Kopf trabte der Leithund los und schlug eine Geschwindigkeit an, die einer langen Fahrt angemessen war. Während der Schlitten ruhig in die flache Tundra hinausglitt, warf Minnesota Julie einen schrägen Blick zu.

»Das hast du dir so gedacht«, rief Julie ihr zu. »Ich bin immer noch hier. So leicht wirst du mich nicht los.« Und während sie lachte, klemmte Minnesota enttäuscht ihren Schwanz zwischen die Beine. CB vorne achtete nun aufmerksam auf Julies Befehle, die sie allerdings gar nicht zu geben brauchte, weil der einfühlsame Hund auch in dieser tief verschneiten Gegend seinen Weg ganz von alleine fand.

Etwa acht Kilometer weiter zog CB Julie und den Schlitten ins Duck-Camp. Das Lager bestand aus einer Gruppe von fast völlig zugeschneiten kleinen Baracken in einer Biegung des Flusses Avalik.

Julie löste die Schneeschuhe, die am Schlitten befestigt waren, schlüpfte hinein und stapfte zu einer der Baracken, um nach Wolfsspuren Ausschau zu halten.

»Grrrr!« Julie erstarrte. Aklaq, die Grislibärin, kam um die Ecke und schnaubte warnend. Julie rannte unbeholfen mit ihren Schneeschuhen in der entgegengesetzten Richtung um den Schuppen herum. Die Bärin drehte sich nach ihr um und sah sie an. Julie blieb stehen. Immerhin lag jetzt wenigstens die Baracke zwischen dem Grisli und dem Schlitten. Julie langte in ihre Anoraktasche und holte einen Rest von dem gefrorenen *Maktak* heraus, schleuderte es in die Richtung des Tiers und stürzte zurück zu ihrem Schlitten.

Gierig machte sich die Bärin über den Walspeck her und war damit einen Augenblick beschäftigt.

»Und los«, rief Julie und packte die Schlittenleinen. Die Hunde brauchten keine zweite Aufforderung, denn längst hatten sie den Geruch des Grislis aufgenommen und liefen los. Julie warf sich bäuchlings auf den Schlitten, streifte die Schneeschuhe ab und stellte sich auf die Kufen. In sicherer Entfernung des Bären ließ Julie die Hunde anhalten und blickte zurück. Aklaq hatte offenbar das Interesse an Julie verloren und durchsuchte noch immer den Schnee nach *Maktak*. Zufrieden ließ Julie die Hunde weiterlaufen.

Nach einer kurzen Strecke rief sie wieder: »Halt!« Zwar gehorchten ihr die Tiere, aber CB warf ihr einen Blick zu, als wollte er sagen, dass sie wohl nicht recht bei Sinnen sei, wenn sie das Gespann anhalten ließ, obwohl die Luft eindeutig nach Grisli roch.

Julie hatte zwei einjährige Jungbären entdeckt. Sie spielten in der Nähe ihres Baus, der sich an der Uferböschung des Avalik befand. Also hatte Kapugen Recht gehabt: Die Grislimutter war heuer schon so früh im Jahr unterwegs, weil ihre Jungen vermutlich Hunger hatten. Das war nicht gut. Für die riesige Aklaq war es ein Leichtes, den Weidezaun einzureißen und sich einen der Moschusochsen zu holen.

Julie befahl den Hunden, sich wieder in Bewegung zu setzen. Sobald der Schlitten angerückt war, rief sie: »*Ha*« – was links bedeutete.

CB hatte nicht aufgepasst. Er war einfach geradeaus gelaufen, um nur rasch von den Bären wegzukommen.

»*Ha*«, rief Julie noch einmal, so laut sie konnte. Jetzt endlich zog CB nach links. Aber weil die beiden Hunde hinter ihm nach rechts zogen, schwankte der Schlitten hin und her und drohte umzukippen.

»*Ha*«, knurrte Julie. Die Hunde gehorchten, aber jetzt zogen sie zu stark nach links. Der Schlitten neigte sich bedrohlich in die andere Richtung.

»*Gee*«, rief Julie. Jetzt befanden sich Hunde, Schlittenleinen und Schlitten in einer Linie, so dass das Gespann nun ruhig dahinglitt. Inzwischen waren sie weit von den Bärenjungen entfernt, und CB steuerte, wie Julie wollte, in nördlicher Richtung hinaus auf die Tundra.

Die Hunde liefen brav dahin, bis Minnesota auf einmal anfing, ihren Nebenhund Snowbird anzuknurren und ins Genick zu beißen. Als Julie ihr in der Sprache der Wölfe einen Befehl zuknurrte, hörte sie augenblicklich damit auf.

CB führte seine Meute etwa eine Stunde lang durch die verschneite Landschaft, während Julie jeden Eishügel und jede Erhebung mit Blicken absuchte und darauf wartete, dass die Wölfe auftauchten. Doch Kapu und seine Meute waren nirgendwo zu entdecken, ebenso wenig wie ein Fuchs oder ein Vielfraß. Julie wurde klar, dass die Moschusochsen die einzige Nahrung weit und breit darstellten.

Ein Rabe flog über sie hinweg. Julie ließ die Hunde anhalten, um den Tundrabewohner genauer zu beobachten. Obwohl es kälter als minus zwanzig Grad war, legten sich die Hunde keuchend auf den gefrorenen Boden und fraßen Schnee gegen den Durst.

Julie wusste, dass Raben die ersten Tiere sind, die ein von Wölfen gerissenes Tier entdecken, weil dabei immer auch etwas für sie abfällt. Eskimojäger wussten das ebenfalls und folgten deswegen den großen, schwarzen Vögeln, wenn sie die Spur von Wölfen finden wollten. Julie schätzte, dass so ein Rabe aus der Luft einen Umkreis von fünfundzwanzig Kilometern überblicken konnte. Der kreisende Rabe ließ darauf schließen, dass er die Wölfe ausgemacht hatte, denn sonst wäre er auf direktem Weg auf die Futterquelle zugeflogen. Stattdessen setzte er zu einem Sturzflug an. Julie vermutete daher, dass er Lemminge jagte. Sie fühlte sich ziemlich entmutigt. In einem Umkreis von an die fünfundzwanzig Kilometern gab es nirgendwo Wölfe. Julie ließ die Hunde einen weiten Bogen laufen, um allmählich wieder nach Kangik zurückzukehren.

Plötzlich tauchte hinter einer Erhebung mit lautem Motorlärm ein Schneemobil auf. Julie winkte.

Der Fahrer lenkte sein Gefährt neben Julies Schlitten, doch erst als er seine dunkle Brille abgenommen hatte, erkannte sie, dass es Atik war.

»Das Wetter hat sich wieder beruhigt«, sagte sie. »Bist du auf der Jagd?«

»Ich halte Ausschau nach Karibus«, antwortete er. »Eigentlich müssten jetzt schon die Weibchen an Kangik vorbeiziehen, weil sie immer vor den Bullen kommen, um im Mai in der Tundra ihre Jungen zur Welt zu bringen.«

»Hast du denn schon ein Karibu gefunden?«, fragte Julie neugierig.

»Es gibt nicht ein Einziges auf den mehr als dreihundert Kilometern zwischen Kangik und Anaktuvuk«, sagte Atik. »Das hat mir David Bradford erzählt, der Beauftragte für Fischerei und Jagdwesen in Alaska, mit dem ich eben gesprochen habe. Er ist mit seinem Hubschrauber neben mir gelandet. Er hatte ein Signal von einem der Sender bekommen, die er Elchen umbindet, um ihre Wanderungen zu studieren.«

»Wo war der Elch denn?«, fragte Julie aufgeregt.

»Es war gar kein Elch, bloß ein Sender«, antwortete Atik. »Das Tier hat den Sender offensichtlich verloren, und als David ihn wieder fand, lag er auf dem Boden. Das kommt manchmal vor, meinte er.«

Julie ließ den Blick über die vereiste Tundra streifen.

»Glaubst du denn, dass die Karibus in diesem Jahr überhaupt hierher nach Kangik kommen?«, wollte sie wissen.

»Ich glaube nicht. Und das ist schlimm«, meinte Atik. »Kangik wird ganz schön zu knapsen haben.«

»Erinnerst du dich noch, dass wir uns vor einiger Zeit auf dem Fluss begegnet sind?«, fragte Julie. »Damals habe ich dir doch von einer kleinen Herde Karibus erzählt, die ich gesehen hatte. Hast du die jemals aufgespürt?«

»Nein, die sind mir nicht begegnet«, sagte Atik zu Julies Erstaunen. »Ich habe zwar ihre Spuren gesehen, aber in den Entwässerungsgräben haben sie sich verloren.«

»Und hast du heute irgendwelche Wölfe zu Gesicht bekommen?«, fragte Julie.

»David Bradford hat aus seinem Hubschrauber ein Rudel gesehen«, antwortete Atik.

Julie bekam auf einmal Herzklopfen. »Wo war das?«

»Nicht sehr weit weg von hier. David meinte, die Meute würde von einem großen, schwarzen Tier angeführt.«

»Kapu«, murmelte Julie atemlos. »Hat David gesagt, wie viele es waren?«

»Er meinte, es waren acht Tiere.«

»Acht?«

»Er hat von einem schwarzen gesprochen, einem weißen, drei dunkelgrauen und drei hellgrauen.«

Der weiße kann nur Silberpelz sein, schoss es Julie durch den Kopf. Die drei hellgrauen, die sie Zit, Zat und Zing genannt hatte, mussten inzwischen erwachsen sein. Bei zwei der dunkelgrauen Wölfe handelte es sich um Klaue und Pudding, aber wer der dritte war, wusste sie nicht. Hatte sich Kapu eine Gefährtin gesucht? Schließlich war es ja an der Zeit, dass er für Nachwuchs sorgte.

Atik sah, dass sich der Himmel rot verfärbt hatte und langsam in ein Blauschwarz überging. Die Sonne war bereits untergegangen, und auch die lange Dämmerung ging zu Ende. Schon bald würde es wieder dunkel werden. Atik nickte Julie zu und brauste davon.

CB schaute ihm nach und sah dann Julie an.

»Also gut, CB«, meinte sie. *»Ha!«* Sie lenkte die Hunde wieder in die Tundra hinaus, und sie musste über die eifrigen Hunde lächeln, die sich immer mal wieder nach ihr umdrehten und sich wunderten, warum sie nicht nach Hause fuhren.

»Wir machen einen Bogen um die Bären«, rief Julie. Und nach ein paar Minuten befahl sie *»Ha«* und lenkte das Gespann ans Ufer des Flusses zurück. CB begann vor lauter Freude noch schneller zu laufen. Als der Mond aufging, war alles still, bis auf das Geräusch der schnell dahingleitenden Kufen auf dem Eis und das Keuchen der Hunde.

Julie legte ihren Kopf in den Nacken und genoss die kalte Schönheit der Nacht. Aber gleichzeitig machte sie sich Sorgen. Ihre Wölfe waren hier in der Nähe, und als einziges Futter gab es für sie weit und breit nur die Moschusochsen.

Den ganzen Februar und März hindurch und auch in den ersten Apriltagen noch ließen sich die Wölfe nicht blicken. Julie entspannte sich. Vermutlich bedeutete diese Ruhe, dass sie auf Karibujagd in den Bergen der Brooks Range waren, die sich etwa 130 Kilometer weiter südlich befanden. Gleichzeitig jedoch trat das ein, was Atik vorausgesagt hatte. Auch dieses Jahr zogen wieder keine Karibus durch das Gebiet von Kangik. Das war keine erfreuliche Nachricht, und einige Familien, die pro Jahr an die vier oder fünf Karibus zum Überleben brauchten, zogen aus Kangik weg zu ihren Verwandten in den größeren Ansiedlungen. Andere machten sich selbst auf die Suche nach Nahrung, wie zu der Zeit, als der weiße Mann noch nicht nach Alaska gekommen war. Atik gelang es, an der Küste Walrossfleisch für seine Familie aufzutreiben, und Malek überlegte, ob er auf dem Nordpolarmeer auf Waljagd gehen sollte.

Eines Morgens stand Peter vor Kapugens Haus, und Julie öffnete ihm die Tür.

»Kapugen ist heute in Fairbanks«, sagte sie.

»Das ist aber schade«, meinte Peter und zog seine dunklen Augenbrauen hoch. »Malek und ich sind nämlich zum Walfang nach Wainwright eingeladen worden. Ich hatte gehofft, dass ich die Moschusochsen für ein paar Wochen Kapugen allein anvertrauen könnte. Aber daraus wird wohl nichts. Er ist nicht da, und Malek bricht schon heute auf.« Er wandte sich zum Gehen.

»Ich kann mich um die *Uminmaks* kümmern«, sagte Julie.

Peter machte auf dem Absatz kehrt. »Das würdest du wirklich für mich tun?« Er lächelte breit und seine Zähne schimmerten hell in seinem braunen Gesicht. »Die Leute aus dem Dorf sind hungrig nach *Maktak*, Miyax«, erklärte er. »Das Walfett wird sie wieder auf andere Gedanken bringen. Wenn wir Erfolg haben, werden sie dir alle dankbar sein.«

»Nun geh schon«, sagte Julie. »Ich bin gerne draußen in der Tundra und ich weiß, was ich mit den Ochsen machen muss. Kapugen hat es mir gezeigt.«

»Na dann«, sagte Peter und hob erfreut die Arme. Dann rannte er so behende und schnell wie ein Tundravogel davon.

Als er verschwunden war, fragte sich Julie, warum sie es zugelassen hatte, dass er sie Miyax genannt hatte.

Noch am selben Nachmittag begann Julie mit ihrer Arbeit bei den Moschusochsen. Es war ein schöner Tag. Sie spannte die Hunde vor einen Schlitten, den sie mit Heu und Luzerne beladen hatte, und fuhr zu dem Unterstand im Moschusochsen-Pferch hinaus. Als Erstes zählte sie, so wie Kapugen auch, die Herde durch und stellte dann fest, dass bereits die ersten Grasbüschel ihre Spitzen aus dem Schnee herausstreckten. Als Nächstes fuhr Julie, wie sie es von Kapugen gelernt hatte, mit dem Schlitten den Zaun ab und überprüfte, ob die schweren Moschusochsen ihn beschädigt hatten. Nachdem sie das alles erledigt hatte, lenkte Julie die Hunde nach Osten, zum Fluss hin. Die Luft war so kalt, dass die Hunde ihren Atem wie einen langen, gefrorenen Dampfschweif hinter sich herzogen.

Am Duck-Camp machte sie Halt und lauschte, ob sie

Kapu und seine Wölfe irgendwo hören konnte. Aber ringsum war alles still.

»Sie sind nicht mehr hier«, freute sich Julie und fügte hinzu: »Bleib weg, lieber Kapu, bleib weg.«

Auf dem Heimweg feuerte Julie die Schlittenhunde an und fühlte sich wie ein Wolf, der aus purer Freude einfach drauflosrennt. Der Wind schlug ihr den Pelzkragen der Kapuze zurück und Julie sang nach vorne gebeugt ihr *Qimmiq*-Lied. *Qimmiq* ist das Eskimowort für Hunde.

»Schlaue *Qimmiqs*, tapfre *Qimmiqs*,
lauft, so schnell ihr könnt.
Lauft, so schnell ihr könnt.
Durch Wind und Schnee, durch Eis und Frost
lauft, so schnell ihr könnt.
Lauft, *Qimmiqs*, lauft.
Droht ein Sturm, seid unverzagt,
lauft, so schnell ihr könnt.
La-lie, la-lie, la-lie. Lalalala.«

Die Hunde wedelten mit ihren Schwänzen im Takt des Liedes und drehten sich ab und zu vergnügt nach Julie um.

Mitte April schloss Ellen die Schule, denn nun begann die Jagdsaison. Alle Eltern, die nicht an der Küste auf Walfang oder Robbenjagd waren, hatten ihre Kinder ins Innere des Landes zum Duck-Camp gebracht. In langen, schwarzen Zügen kamen die Wasservögel aus dem Süden zurückgeflogen, so dass Kangik jede halbe Stunde von einem Schwarm mehrerer tausend Eiderenten überquert wurde. Die heimkehrenden Vögel flogen dicht über den Häusern dahin. Julie beobachtete sie mit zurückgelegtem Kopf und halb geschlossenen Augen und staunte darüber, dass die Vögel jedes Jahr wieder zurückfanden.

An einem Sommertag im Mai, noch bevor die Sonne drei Monate lang über dem Horizont blieb, fuhr Harry Ulugaq mit seinem dreirädrigen Motorrad bei Kapugens Haus vor. Er hatte einen Korb dabei, den Kapugen in Fairbanks verkaufen sollte. Den Korb hatte Harry Ulugaq aus dem Fischbein des Grönlandwals geflochten. Fischbein wurden die langen, schmalen Barten genannt, mit denen der Wal das Wasser wie durch ein Sieb filtert.

»Das Museum würde dir den Korb sicher abnehmen«, sagte Kapugen, nachdem er den Glanz des tiefschwarzen Fischbeins und die gleichmäßige, kunstvolle Arbeit bewundert hatte. »Aber vielleicht kann ich von einem Sammler sogar noch mehr bekommen – wenn ich Glück habe, an die dreitausendfünfhundert Dollar.«

Harry nickte. Er war einer der letzten Künstler an der Eismeerküste, die noch mit Fischbein arbeiteten, und er wusste sehr wohl, was seine Arbeit wert war. An diesem Tag hatte er jedoch etwas Interessanteres als Geld im Sinn. Nachdem Kapugen den Korb und dessen Wert in einem Buch vermerkt hatte, ging Harry zum Fenster und deutete auf die Kuk-Bucht.

»Wir haben Glück«, sagte er zu Julie, die sich zu ihm gesellt hatte. »Ein Südsturm hat Millionen von Stinten in die Bucht von Kuk getrieben.« Seine Augen funkelten. »Das gibt einen mächtigen Spaß.«

»Und jede Menge gutes Essen«, fügte Kapugen hinzu. »Für Stinte habe ich einen guten Markt, in Barrow gibt es viele Familien, für die sind Stinte ein Festschmaus.«

Nachdem Kapugen Harry Ulugaq wieder verabschiedet hatte, wandte er sich an Julie und Ellen.

»Dann sollten wir uns wohl mal zum Fischen aufmachen«, sagte er und grinste breit. »Stintefischen macht wirklich Spaß, da muss ich ihm Recht geben.«

»Und wer füttert derweil die Moschusochsen?«, wollte Julie wissen.

»Ich habe sie heute gut gefüttert«, sagte Kapugen. »Allzu lange bleiben wir ja nicht weg. Und momentan wächst das Gras ziemlich schnell, so dass die Tiere jede Menge Futter finden.«

»Gut«, meinte Ellen und holte die Lebensmittelkiste fürs Camping hervor. »Ich packe uns für eine Woche Essen ein. Und du kümmerst dich um das Zelt und die Schlaffelle, Kapugen.«

Im Stintlager ging es hoch her. Man schlief zwar im Zelt, aber sonst waren alle Beteiligten die ganze Zeit im Freien. Julie hatte keine Schwierigkeiten, sich dem Gemeinschaftsleben anzupassen. Zusammen mit den älteren Kindern half sie dabei, die Netze zu bergen, die Fische zu säubern und auszunehmen und sie dann auf die Trockengestelle zu hängen. Nach zwei bis drei Tagen hatten Luft und Sonne die Fische getrocknet, dann wurden sie von den Kindern in Schachteln verpackt.

Als die Flut kam, ging Julie an den Strand, um die glitzernden Stintschwärme zu beobachten, die mit dem Wasser in die Bucht getrieben wurden. Bei Ebbe gingen Julie und ihre Freunde dann am Strand entlang und suchten im abfließenden Wasser die tiefen Löcher, in denen Tausende von Fischen gefangen waren. Über die Löcher warfen sie ihre Netze und zogen zusammen mit den Männern und Frauen, die aus dem Lager herbeigeeilt waren, die Fische aus dem Wasser und verteilten sie danach auf den Trockengestellen.

In der Zeit zwischen Ebbe und Flut fuhren die jungen Leute mit den Schneemobilen in der Tundra um die Wette oder zurück nach Kangik, um zu tanken oder irgendwelche Dinge zu holen. Manchmal kam Julie mit, aber meistens zog sie es vor, mit dem *Umiak* hinauszufahren, am Rand des Eises entlang, das den oberen Teil der Bucht noch gänzlich bedeckte. Sie beobachtete dabei die riesigen Vogelschwärme, die zum Brüten gekommen waren, oder suchte Seitenarme der Bucht nach Äschen ab, die dort in den flachen Gewässern laichten. Äschen waren Kapugens Lieblingsfische.

Solange gefischt wurde, schaute niemand auf die Uhr. Die Sonne stand fast vierundzwanzig Stunden am Himmel. Die Kinder aßen und schliefen, wenn ihnen danach war. Die Erwachsenen legten sich schlafen, wenn die Flut kam, und standen bei Ebbe wieder auf zum Fischen. Zwischen Arbeit und Essen spielten Erwachsene und Kinder mit einem Ball aus Fell, der an einem Lederriemen etwa dreißig Zentimeter über ihren Köpfen hing und den sie mit dem Fuß zu kicken versuchten. Sie fuhren mit dem Kajak oder jagten einander wie junge Hunde. Harry Ulugaq organisierte ein Baseballspiel und in den rötlichen Dämmerstunden, bevor die Sonne ganz kurz hinter dem Horizont verschwand, tanzten sie alle miteinander.

Als der Wind drehte, kamen keine Stinte mehr in die Bucht von Kuk. Die Zelte wurden wieder abgebaut und die Fässer mit dem getrockneten Fisch auf die Schneemobile gehievt, die sie nach Hause in die Vorratsgruben oder in den Hangar brachten, wo sie bis zum Transport nach Fairbanks oder Barrow aufbewahrt wurden.

Am letzten Abend in der Bucht erreichte sie eine Nachricht von den Eskimos vom Anaktuvuk-Pass. Sie teilten mit, dass die westliche Karibuherde nach Norden zog, und zwar auf einer weit östlich gelegenen Route. Auf diesem Weg würden die Karibus nicht nach Kangik kommen, und so entschlossen sich viele Familien, auf Seehundjagd zu gehen oder Ausschau nach Belugawalen zu halten.

Am zehnten Mai ging die Sonne zum ersten Mal im Jahr nicht mehr unter. Die nächsten drei Monate würde es in der Nordpolarregion ständig hell sein. Der weiße Fuchs wurde langsam graubraun, und das Federkleid des Schneehuhns nahm eine Mischung aus weiß und graublau an, damit es auf der mit Schnee und Gras gesprenkelten Tundra nicht so auffiel. Die schwarzweißen Schneeammern kehrten aus dem Süden zurück und hüpften durch die Straßen des Dorfs. Mit der Ausrede, dass sie diese hübschen Vögel mit Brotkrümeln füttern wollte, konnte Julie hinausgehen und in die Tundra am Fluss laufen, um nach dem Heulen ihrer Wölfe zu lauschen. Doch die Wölfe meldeten sich nicht.

Ende Mai flog Kapugen nach Fairbanks zu einem Treffen von Vorstandsvorsitzenden der Handelsgesellschaft mit Vertretern der Banken. Er verpackte Harrys Korb aus Fischbein, einen wunderschönenen Pullover und die Pelze von vier weißen Füchsen, die Julie gefangen hatte. Sie hatte sie selbst abgezogen und zum Verkauf auf dem Markt präpariert, nachdem sie das Fleisch für ihre Familie gekocht hatte. Julie hatte Kapugen beauftragt, für den Erlös der Pelze Futter für die Moschusochsen zu besorgen.

»Das ist gut fürs Geschäft«, sagte sie, obwohl sie noch immer nicht genau wusste, was das bedeutete.

An dem Tag, an dem Kapugen hätte abfliegen sollen, war Julie gerade beim Fischen, als ihr Vater mit den Fellen und den anderen Dingen auf dem Rücken zu ihr an den Fluss kam. Von der ständigen Sonneneinstrahlung war das Eis so brüchig geworden, dass man von dort aus nicht mehr fischen konnte. Es bestand Gefahr, jeden Augenblick einzubrechen.

»Es ist etwas dazwischengekommen, Miyax«, sagte Kapugen. »Harry Ulugaq ist sehr krank. Ich muss ihn ins Krankenhaus nach Barrow fliegen.« Er trat auf Julie zu. »Und ich mache mir um Siku Sorgen, weil sie heute früh derart verzweifelt gebrüllt hat. Eigentlich müsste sie erst in ein paar Wochen kalben, aber man weiß ja nie. Ich kann ihr jetzt leider nicht helfen, denn ich muss fort.«

»Lass mich das machen«, bot Julie an und begleitete ihren Vater nach Hause. Als die beiden eintraten, stellte Ellen die Musik ihres Kassettenrekorders leise und dann informierte Kapugen sie, dass Julie zur Weide hinausgehen würde, um auf Siku aufzupassen. Kapugen gab Julie ein paar Beruhigungstabletten für seine Lieblingskuh und zeigte Julie, wie sie Siku dazu bringen konnte, die Pillen zu schlucken.

»Und, Miyax, was ich dir noch sagen wollte«, fügte Kapugen hinzu, »ich glaube, es ist besser, wenn du läufst. Wir haben fast fünf Grad über null, das ist zu warm für die Hunde.«

Dann machte er sich eilends auf den Weg und Ellen und Julie blieben allein zurück. Ellen sah zu, wie Julie die Medizin einpackte, dazu ihr Frauenmesser *Ulu*, Nadel und Faden und ein paar Kleider zum Wechseln.

»Ich würde gerne mitgehen, Julie«, sagte Ellen in kaum verständlichem *Yupik*. »Ich brauche mehr Bewegung.«

Julie sah, wie Ellen sich mit dem *Yupik* abmühte, und hätte ihr ohne Probleme in ihrer Sprache antworten können. Aber sie brachte es einfach noch nicht übers Herz, mit Ellen englisch zu sprechen. Stattdessen nickte sie nur.

Ellen zog unter ihrem Anorak einige Pullover an, dann eine warme Daunenhose und zum Schluss schlüpfte sie in die mit Seehundsfell gefütterten Stiefel. Obwohl es Mai war, konnte man sich auf das Wetter nicht verlassen.

Julie holte unterdessen Käse und Brot aus dem Kühlschrank und verstaute sie in ihrem Rucksack. Und weil sie nicht wusste, wann es Siku wieder besser gehen würde, packte sie auch noch jede Menge getrocknetes und in Streifen geschnittenes Karibufleisch aus dem Vorratsfass ein. Dann rollte sie ein Karibufell zusammen, das ihnen als Sitzunterlage dienen sollte, und befestigte es unter ihrem Rucksack. Zum Schluss nahm sie Kapugens Männermesser von der Wand, steckte es sich in den Gürtel und schulterte ihr Gewehr.

»*Itqanait*«, sagte sie zu Ellen. »Ich bin fertig«, und daraufhin verließen sie das Haus.

Als sie nebeneinander am Flussufer entlangwanderten, sahen sie, wie Kapugens Flugzeug abhob und auf die Sonne zusteuerte. Das Eis auf dem Fluss war wie ein Puzzlespiel in viele kleine Teile zersprungen und begann sich langsam zu bewegen. Knirschend hob und senkte es sich.

»Dieses Jahr setzt das Tauwetter spät ein«, meinte Ellen auf Englisch. Sie hatte das dringende Bedürfnis, etwas zu sagen, auch wenn sie nicht glaubte, dass Julie sie verstand. »Kapugen meinte, das Eis sei ziemlich gefährlich, wenn es sich so bewegt.«

Beim Gehen deutete Julie plötzlich auf eine Königseiderente, die auf dem Eis saß. Es war ein wunderschönes Tier mit einem orange-gelb-grünen Kopf und schwarzweißem Rücken. »*Qinalik*«, sagte Julie. Ellen wiederholte das Wort drei- oder viermal. Dann entdeckten sie eine Gans mit weißer Brust, die im matschigen Schilfrohr etwas zu fressen gefunden hatte. »Das ist eine *Niglivik*«, sagte Julie, und Ellen wiederholte den Begriff ebenfalls.

Als sie auf der Weide ankamen, entdeckten sie Siku in der Nähe des Unterstands. Ihr Fell war zerzaust und ihre großen Augen blickten glasig drein. Julie rannte zu ihr hin und fuhr ihr mit der Hand sanft über den Kopf und den Rücken, wobei sie die ganze Zeit leise auf das Tier einredete. Die Kuh schwankte und stolperte nach vorne. Ihre großen Knie knickten ein.

»Sie ist krank«, sagte Ellen. »Aber sie darf nicht sterben. Wir brauchen sie doch so sehr.«

Julie sah sie an. Noch nie hatte sie Ellen mit so viel Gefühl sprechen gehört.

Dann löste Julie einen Riemen von ihrem Schuh, band ihn Siku um den Hals und führte Kapugens Lieblingstier in den Unterstand. Ellen breitete Heu für sie aus. Siku sank auf die Knie und wälzte sich stöhnend auf die Seite. Ihre großen Hufe krachten lautstark auf den Boden.

Julie breitete das Karibufell auf dem Boden aus und gab Ellen zu verstehen, dass sie sich draufsetzen sollte. Dann holte sie einen ihrer Reservesocken aus dem Rucksack und rollte ihn im Schnee hin und her. Anschließend wärmte sie den Socken unter ihrem Anorak, bis der Schnee geschmolzen war und Julie das Wasser auf Sikus ausgedörrte Lippen tropfen lassen konnte. Das Tier schluckte und lag ganz still da. Nach einiger Zeit öffnete Julie Sikus Maul, legte die Tablette auf die große Zunge und hielt dem Tier das Maul zu, so wie Kapugen es ihr erklärt hatte. Als Siku die Tablette geschluckt hatte, gab Julie ihr noch mehr Wasser.

Ellen legte ihre Hand auf den dicken Bauch der Kuh. »Sie hat Wehen«, sagte sie und überraschte Julie mit ihrem Wissen. Siku hob den Kopf, rollte mit den Augen und legte sich wieder still hin.

Eine Stunde lang sahen Julie und Ellen zu, wie Siku angestrengt versuchte, ihr Kalb zu gebären. Dann hatte das Tier keine Kraft mehr. Das Kalb würde nicht zur Welt kommen.

Julie fiel ein, dass Oliver Ahgeak ebenso wie Malek in seiner Jugend Rentiere gehütet hatte. Er lebte immer noch im Dorf und würde bestimmt wissen, was in so einem Fall zu tun war.

»Oliver Ahgeak«, sagte Julie. Sie zeigte auf Siku und deutete mit Gesten an, dass sie sich zu ihm auf den Weg machen würde, um Hilfe zu holen.

Ellen nickte und Julie wandte sich zum Gehen. Dann machte sie wieder kehrt. Von der Tundra her bewegte sich eine dunkle, unheilvolle Wolke direkt auf sie zu.

»Der Wettergeist Hilla ist gegen uns«, sagte Julie in *Yupik*. »Da zieht ein furchtbarer Sturm auf.« Und weil sie wusste, dass Ellen sie nicht verstand, deutete sie auf die Wolke. Ellen hatte in den drei Jahren, die sie jetzt bereits in Kangik lebte, schon viele schlimme Stürme miterlebt. Doch diesmal hielt sie den Atem an.

»Du kannst jetzt nicht gehen«, sagte sie. »Was sollen wir bloß tun?«

Julie tat aber bereits etwas. Sie zog Kapugens Messer aus ihrem Gürtel und stapfte auf die windgeschützte Seite des Schuppens, wo sich die letzten harschen Schneereste auftürmten. Geschickt schnitt sie den dicht gepackten Schnee zu Blöcken von etwa einem Meter Länge, einem halben Meter Breite und fast fünfzehn Zentimeter Tiefe. Sie arbeitete schnell und stapelte die Blöcke vor der offenen Schuppenwand aufeinander. Als Ellen verstand, was Julie vorhatte, stand sie auf und half ihr beim Bau der Mauer. Julie dichtete alle Fugen mit Schnee ab, so dass der Wind nicht mehr hindurchwehen konnte. Die Wand wuchs rasch. Als nur noch zwei Blöcke fehlten, stürmte es bereits so heftig, dass sich die Wand regelrecht nach innen bog. Aber sie hielt stand. Dann tobte der Sturm mit so dichtem Schneegestöber heran, dass Julie nicht einmal mehr den Schuppen sehen konnte, obwohl sie direkt davor stand. Mit dem letzten Schneeblock tastete sie sich an der Wand entlang und krabbelte von hinten in den Unterstand, wo sie den Block in die noch verbleibende Öffnung schob.

Ellen und Julie drängten sich im düsteren Licht des Unterstands dicht aneinander. Der Sturm verdunkelte das Licht des langen Polartags.

»Wie lange das wohl dauern wird?«, murmelte Ellen vor sich hin und lauschte dem heulenden Wind. Julie strich von innen Schnee zwischen die Fugen der Wand, dann holte sie aus ihrem Rucksack ein kleines Marmeladeglas mit Tran heraus und fettete ihr *Ulu* und ihr Gewehr ein. Als Nächstes schnitt sie einen schmalen Streifen von ihrem Hemd ab und rollte daraus einen Docht, den sie mit einem Ende in das Tranglas steckte. Das andere zündete sie mit einem Streichholz an. Das winzige Licht flackerte und erlosch fast wieder, bis sich der Docht mit Tran vollgesogen hatte und die Flamme größer wurde. Mit der Zeit wurde es in dem Schuppen heller und wärmer. Ellen lächelte dankbar.

Der Wind donnerte gegen die nach Norden gerichtete Wand des Unterstands und Julie warf Ellen einen besorgten Blick zu. Ihr Gesicht wirkte erstaunlich ruhig.

Siku brüllte schwach.

»Wir müssen das Kalb aus ihrem Bauch holen«, sagte Ellen.

»Wie sollen wir das denn machen?«, fragte Julie in fehlerlosem Englisch.

Ellen starrte sie an. »Du sprichst ja englisch.«

»Ja.«

Ellen runzelte verwirrt die Stirn, doch Julie gab ihr mit einem Blick zu verstehen, dass sie Ellen lieb gewonnen hatte. Dann wandten sich die beiden der Kuh zu.

Auf einmal verlor Siku sehr viel Wasser und stöhnte laut auf. Ellen und Julie knieten sich nebeneinander auf den Boden.

»Sikus Kalb wird zuerst mit den Hinterbeinen herauskommen«, sagte Ellen. »Eigentlich sollte das nicht so sein. Das überlebt es nicht und Siku wohl auch nicht.«

Der Wind rüttelte am Unterstand. Trotz Julies Abdichtung drangen winzige Eiskristalle durch die Wand und überzuckerten alles mit einem weißen Belag.

»Ich schneide sie auf, so wie es Kapugen mit ihrer Mutter gemacht hat, und dann hole ich das Kalb heraus«, sagte Julie.

Siku versuchte noch einmal, das Kalb aus sich herauszupressen. Ihre geschwollene, dunkelrote Zunge rutschte ihr aus dem Maul, dann gab sie auf und lag still da. Julie griff nach ihrem *Ulu.*

»Bei mir zu Hause in Minnesota greift man in den Mutterleib und dreht das Kalb um«, sagte Ellen. Daraufhin zog sie ihren Anorak aus, schob sich die Ärmel hoch und steckte einen Arm tief in Sikus Gebärmutter hinein. Julie war ganz und gar verblüfft. Siku hob den Kopf und entspannte dann ihren Leib.

»Fessle ihr die Beine, damit sie nicht ausschlagen kann«, forderte Ellen. Julie löste ihren Schuhriemen von Sikus Hals und band ihr die Hinterbeine zusammen. Als Siku dennoch versuchte auszuschlagen, beugte sich Julie über ihren Hals und flüsterte ihr sanfte Worte ins Ohr.

Ellen rann der Schweiß von der Stirn, während sie langsam und vorsichtig das Kalb umdrehte. Dann kamen als Erstes seine Vorderbeine heraus und anschließend der Kopf.

»Hilf mir, Siku wieder auf die Beine zu bringen«, bat Ellen. Julie rutschte von der Moschuskuh herunter, packte sie unterhalb der Schulter und zog Siku, die sich immer noch enorm abmühte, nach oben. Als die Kuh sich langsam erhob, glitt das Kalb aus ihr heraus und fiel ins Heu. Siku schwankte und sank erschöpft wieder zu Boden.

»Es ist ein Weibchen«, stellte Ellen fest. »Gut so. Und jetzt musst du ihr den Schleim von den Nüstern entfernen.«

Julie säuberte dem Kalb die Nase und Ellen blies ihm ins Maul. Das Kalb holte tief Luft und fing an zu atmen. Es sah gesund und wohlgenährt aus. Kapugen hatte sich offensichtlich im Geburtsdatum geirrt. Julie holte ihr Hemd aus dem Rucksack und rieb damit das Kalb trocken. Langsam kam es auf die Beine und stakste zu seiner Mutter hinüber. Siku drehte sich gemächlich zu ihrem Jungen hin und dann begann das Kalb an ihrem Euter zu saugen. Ellen und Julie betrachteten das Neugeborene und entspannten sich.

»Es ist ziemlich kalt geworden«, meinte Ellen nach einer Weile. »Ich hoffe nur, das kleine Ding hält durch.«

»Keine Sorge«, sagte Julie. »Moschusochsen sind sturmerprobt.«

Ellen lächelte. Zitternd nahm sie ein großes, buntes Halstuch aus ihrem Rucksack, wischte sich damit ihre Hand und den Arm sauber und zog sich dann noch einen Pullover und den Anorak über.

Der Wind stürmte in Böen gegen den Unterstand an und ständig drang feiner Schnee durch die Ritzen. Julie griff nach der Tranfunzel und hielt die Flamme ganz nah an die

Ränder der Schneeblöcke. Durch die Wärme schmolz der Schnee kurzfristig, gefror aber sofort wieder zu Eis und dichtete so die Fugen von innen ab.

Dann folgte Sikus Nachgeburt.

»Sie frisst sie sicher auf«, sagte Ellen. »Die vielen Proteine und Vitamine lässt sie sich bestimmt nicht entgehen.«

»Ich fürchte, das dauert zu lange«, wandte Julie ein. »Da draußen wandert eine Grizzlybärin durch die Gegend. Wenn die den Geruch der Nachgeburt in die Nase bekommt, reißt sie den Zaun ein und zerlegt unseren Unterstand in sämtliche Einzelteile.«

»Trotz dieses Sturms?«

»Der ist für einen Grizzly doch kein Hindernis. Die Bärenmutter hat zwei hungrige Junge, die brauchen etwas zu fressen«, antwortete Julie.

»Und was sollen wir deiner Meinung nach tun?«

»Ich werde die Nachgeburt aus dem Pferch hinausbringen«, erklärte Julie und zog sich ihren Anorak über.

Dann wickelte sie die Nachgeburt in Heu ein, zog den untersten Schneeblock nach innen und kroch hinaus in den Sturm. Der Wind schleuderte ihr kleine, scharfe Schneekristalle ins Gesicht und eine mächtige Bö zwang sie auf die Knie. Als sie sich wieder hochgekämpft hatte, sah sie um sich herum weder Himmel noch Boden, sondern nur Schnee, so weit das Auge reichte. Hilla, der weiße Wettergeist, hatte sie ganz und gar in seiner Gewalt. Julie konnte nicht einmal ihre eigenen Knie erkennen. Ihr blieb nichts anderes übrig, als auf allen Vieren zu krabbeln, denn so würde sie eine breite Spur hinterlassen, an der sie auch wieder zum Unterstand zurückfinden würde. Julie steckte das Bündel in ihren Anorak, berührte das Totem von Amaroq und machte sich auf in den Schneesturm. Irgendwann erreichte sie das Gatter des Pferchs und warf die Nachgeburt so weit sie konnte in die Tundra.

Dann drehte Julie sich um, ließ sich wieder auf die Knie fallen und wollte zurückkrabbeln, aber sie fand ihre Spur nicht mehr wieder. Wind und Schnee hatten sie bereits zugeweht. Julie fror trotz ihres mit Karibufell gefütterten Anoraks und wusste nicht, in welche Richtung sie sich bewegen sollte.

»Ellen«, rief sie.

Keine Antwort.

»Ellen!« Der Wind riss ihr das Wort vom Mund weg. Julie drehte sich mit dem Rücken zum Wind, damit dieser ihre Rufe weitertrug.

»EL-LEN! EL-LEN!« Wieder keine Antwort. Julie wurde klar, dass Ellen sie in diesem brausenden Sturm vermutlich überhaupt nicht hören konnte. Es war am besten, sich nicht vom Fleck zu rühren und eine kurze Windstille abzuwarten.

»EL-LEN! EL-LEN!«

»Julie, wo bist du?« Die Stimme klang so schwach, dass Julie nicht einmal erkennen konnte, aus welcher Richtung sie kam.

»Ruf laut, Ellen, sing etwas! Ich kann den Rückweg nicht mehr finden.«

»Julie! Julie! JU-LIE«, rief Ellen immer wieder. Und Julie krabbelte los. Sie hangelte sich an diesen Tönen entlang wie an einem Seil, bis sie plötzlich mit dem Kopf gegen die Schneewand stieß. Dann zog sie einen Block heraus und kroch hinein.

»Du siehst ja wie die Robbe *Ugruk* aus«, keuchte Ellen und wischte Julie den Schnee vom Anorak.

»Ich fürchte, wir müssen heute Nacht hier bleiben«, sagte Julie. »Und vielleicht sogar noch eine zweite Nacht«, fügte sie hinzu.

Die Stunden zogen sich in die Länge. Um warm zu bleiben, stampften Julie und Ellen kräftig mit den Füßen auf. Sie aßen getrocknetes Karibufleisch und drängten sich nah an die warme Siku heran. Draußen wurde der Sturm immer lauter.

»Hilla lässt uns nicht in Ruhe«, sagte Julie.

»Was tun Eskimos in so einem Fall?«, fragte Ellen. Sie tätschelte das Kalb, das sich an seine Mutter gekuschelt hatte.

»Wir singen, wir essen und wir warten«, antwortete Julie. »Und wir bleiben, wo wir sind.«

»Mir ist kalt«, sagte Ellen.

»Siku hat ein langes, warmes Fell. Du kannst deine Hände hineinwickeln und sie dann anhauchen.«

Ellen steckte ihre Hände und Füße in das unglaublich leichte und warme Fell, und bald fror sie nicht mehr.

Lange hockten Julie und Ellen schweigend im kalten Halbdunkel. Irgendwann begann Ellen zu sprechen.

»Ich wusste gar nicht, dass du so hervorragend Englisch sprichst, Julie«, meinte sie.

»Ich habe in der Tundra das ganze Englisch vergessen, das ich zuvor gelernt hatte«, erklärte Julie. »Und zwar in dem Augenblick, als Amaroq, der große, schwarze Wolf, der sich meiner angenommen hatte, erschossen wurde. Amaroq hat mir das Leben gerettet.«

»Inwiefern?«

Ellen machte ein Gesicht, als wollte sie die Geschichte gern hören, aber Julie brachte es nicht übers Herz, sie zu erzählen. Irgendwann einmal würde sie Ellen von Amaroq erzählen, irgendwann einmal, wenn sie bei der Geschichte nicht mehr in Tränen ausbrechen würde.

»Als ich Kapugens Haus betrat«, fuhr Julie fort, »kam mein Englisch wieder zurück, aber ...« Sie sah Ellen an.

»Ich verstehe«, sagte Ellen. »Vielen Dank, dass du mir so viel Vertrauen entgegenbringst.«

»Du verdienst es doch auch«, meinte Julie und ihre Augen leuchteten.

Ohne weiterzusprechen wärmten sie beide ihre Hände und Füße an Siku und lauschten dem wütenden Sturm. Die Tranfunzel brannte. Die Frauen taten kein Auge zu.

Viele Stunden später setzte sich Ellen plötzlich aufrecht hin.

»Kennst du den Text von *Das Land im Norden*, Julie?«, wollte sie wissen.

»Nein«, sagte Julie und musste über den Titel lachen. »Aber ich würde ihn gern lernen. Ich glaube, es gibt keinen besseren Ort als den hier, um ein Lied mit so einem Titel zu lernen.«

Ellen räusperte sich.

»Das Land im Norden ruft mich
mit Macht zu sich hinauf.«

Julies Augen blitzten und sie hielt sich die Hände vor den Mund. »Wie gehts weiter?«

»Nach Norden ziehts mich in die Wälder,
ich folg der Sonne Lauf.«

»Weiter!«

»In der endlos weiten Tundra
leben Rabe, Fuchs und Bär

und Robben jagen Fische
im eisig blauen Meer.
Ach, wenn ich doch ein Leben lang
in der rauen Wildnis wär.«

»Das will ich auch lernen, unbedingt«, rief Julie.

Nachdem Julie den Refrain und alle Strophen des Liedes gelernt hatte, nickte Ellen ein und auch Julie spürte, wie sie langsam müde wurde. Sie vergewisserte sich, dass Ellens Gesicht nicht erfrieren konnte. Dann schmiegte sie sich an Siku und schlummerte ein.

Der Sturm tobte mit unverminderter Heftigkeit weiter. Julie und Ellen hatten längst das Gefühl dafür verloren, wie lange sie sich schon in dem Unterstand aufhielten oder welcher Tag inzwischen war. Sie öffneten die Augen, lauschten dem Wind, schmolzen sich Schnee, um Tee zu kochen, aßen etwas Käse und Brot und schlummerten anschließend wieder ein. Ellen beschwerte sich nicht. Die warme Siku und die von Julie abgedichtete Wand bewahrten sie vor dem Erfrieren.

Als Ellen durch eine laute Bö geweckt wurde und nicht wieder einschlafen konnte, traute sich Julie zu fragen, warum die Frau ihres Vaters eigentlich hier herauf in den Norden gekommen war.

Ellen setzte sich auf, schlang die Arme um ihre Knie und starrte in die Tranfunzel.

»Na ja, es war so wie in dem Lied«, begann Ellen. »*Das Land im Norden* hat mich einfach angezogen. Nach dem Pädagogik-Examen an der Uni von Minnesota habe ich in einer Zeitung gelesen, dass in einem Dorf in Alaska eine Lehrerin gesucht wird. Ich war sofort Feuer und Flamme und habe mich in North Slope beworben. Die haben mich prompt zum Vorstellungsgespräch eingeladen, und dann bin ich tatsächlich auch genommen worden. Sie haben mich gleich nach Kangik geschickt.« Ellen sah zu Julie hinüber. »Und ob du es glaubst oder nicht, mir hat es gefallen.«

»War denn mein Vater zu dem Zeitpunkt auch hier?«

»Ja, kurz nachdem ich angekommen bin, sind wir uns bereits begegnet. Ich habe mich sofort in ihn verliebt. So einfach war das. Dann habe ich zu Hause angerufen und meiner Mutter erzählt, dass ich einen Eskimo heirate.«

»Und wie hat sie darauf reagiert?«

»Sie wollte nur wissen, ob er liebenswürdig sei.«

»Und was hast du geantwortet?«

»Ich habe gesagt, dass ich ihn genau deshalb in mein Herz geschlossen hätte.« Ellens Gesicht nahm einen sanften Ausdruck an und sie lächelte. »Als ich Kapugen geheiratet habe, konnte ich mir nicht im Geringsten vorstellen, wie viel Not ich hier erleben würde. Und dabei bin ich auf dem Bauernhof meines Großvaters in Minnesota aufgewachsen.«

»In Minnesota gibt es Bäume«, wandte Julie ein.

»Stimmt, und noch vieles mehr, was es hier nicht gibt: Blumen, warme Sonne, fließend heißes und kaltes Wasser, Toiletten mit Wasserspülung und Badewannen … « Ellen schaute in das gelbe Licht der Funzel. »Aber ich möchte trotzdem nicht zurück und jetzt schon gleich gar nicht, wo ich bald ein Eskimokind haben werde.«

»Ja«, sagte Julie überzeugt. »Dem Kind wird es hier bestimmt besser gehen. Und wir lieben alle Arten von Eskimokindern. Besonders wenn sie rote Haare haben.«

Ellen schmunzelte. »Aber vielleicht hat es ja auch schwarze Haare und rote Wimpern.« Daraufhin mussten beide lachen.

»Hatte mein Vater denn zu dem Zeitpunkt schon die

Handelsgesellschaft in Kangik gegründet?«, wollte Julie wissen.

»Kurz vor unserer Hochzeit hatte Kapugen mit der Moschusochsenzucht begonnen. Die Handelsgesellschaft hat seine Ausbildung als Pilot bezahlt. Wenn man in North Slope Geschäfte machen will, braucht man unbedingt ein Flugzeug. Und während er fliegen lernte, haben wir in Fairbanks gelebt. In dieser Zeit ist er einige Male nach Nunivak Island gefahren, um dich zu besuchen. Doch er fand nur heraus, dass außer Tante Martha niemand wusste, wo du warst. Aber Tante Martha war längst tot, und so kam Kapugen immer sehr bedrückt von diesen Reisen zurück. Er sprach danach stundenlang über dich und darüber, wie ihr beide nach dem Tod deiner Mutter zusammen auf die Jagd und zum Fischen gegangen seid.«

Julie kam diese Geschichte von einem Mann und seiner verlorenen Tochter wie eine alte Eskimosage vor.

»Auf einer Fahrt nach Barrow im letzten Herbst hat Kapugen dann Nunsan getroffen«, sprach Ellen weiter, »die Frau von Naka. Sie erzählte ihm, dass Naka tot ist. Dann meinte sie verbittert, dass du ihrem Sohn Daniel die Ehe aufgekündigt hättest und irgendwo ins Innere des Landes weggelaufen seist. Sie behauptete, du wärst in der Tundra gestorben.«

»Das hat mein Vater mir auch erzählt«, sagte Julie. »Aber wie ist es dann weitergegangen?«

»Nachdem Kapugen aus Barrow zurückgekommen war, ist er mit dem Kajak fast eine Woche lang den Avalik hinaufgefahren, um still für sich zu trauern. Als er wieder nach Hause kam, sagte er: ›So ist es eben‹ und: ›Da kann man nichts dran ändern‹. Und dann entschlossen wir uns, ein Kind in die Welt zu setzen.«

Überwältigt davon, dass ihr Vater nach ihr gesucht und so viel von ihr erzählt hatte, senkte Julie den Kopf.

»Jetzt kannst du dir vielleicht vorstellen, wie sehr er sich gefreut hat, als du plötzlich in der Tür gestanden bist«, meinte Ellen.

»Ich darf gar nicht daran denken, dass ich um ein Haar nicht mehr zurückgekommen wäre«, sagte Julie leise. »Nachdem er Amaroq erschossen hatte, dachte ich, ich würde es keine Minute bei ihm aushalten.«

»Ich wusste nicht, dass er deinen Freund getötet hat.«

»Ehrlich gesagt verstehe ich Kapugen immer noch nicht«, sagte Julie und Tränen traten ihr in die Augen. »Er hat sich noch nicht einmal um sein wertvolles Fell gekümmert.«

»Wölfe stellen für die Moschusochsen eine Gefahr dar«, sagte Ellen.

»Ist das denn der Grund?«, fragte Julie vorsichtig.

»Ich bin mir ziemlich sicher«, antwortete Ellen. »Zu dem Zeitpunkt machte sich Kapugen ständig Sorgen wegen der Wölfe.«

»Und wer war der Mann, der neben Kapugen im Flugzeug gesessen hat?«

»Das ist ein Ami gewesen, ein *Gussak*. Er hat Kapugen Geld dafür gegeben, dass er ihn auf die Wolfsjagd mitnimmt. Für die Weißen sind Wölfe ganz üble Gesellen, weil sie Karibus und Hirsche reißen, die sie selber jagen wollen.«

Julie seufzte und lehnte sich an Siku. Ellen wandte sich ihr zu. Der Wind rüttelte am Unterstand und von oben rieselte ein bisschen Schnee auf sie herunter. Das kleine Kalb ruhte sich aus und das Muttertier schnaufte ruhig. Langsam schliefen auch Julie und Ellen ein.

Nachdem viel Zeit vergangen war, wachte Julie auf, weil der Wind ein anderes Geräusch machte. Er hatte nachgelassen. Julie zog einen Schneeblock aus der Wand und schaute hinaus. Es stürmte nicht mehr.

Zehn verschneite Moschusochsen standen im Kreis um den Unterstand herum und hatten ihre weichen, braunen Augen auf sie gerichtet.

»Hallo, Freunde«, rief Julie, zog noch einen Schneeblock aus der Wand und schleppte den Tieren Luzerne zum Fressen hinaus, »ihr habt Nachwuchs bekommen.«

Nachdem Julie durch die Öffnung nach draußen gekrabbelt war, blickte sie hinauf zum Himmel.

»Die Sonne ist noch immer nicht zu sehen, Ellen«, sagte sie. »Ich glaube, es ist besser, wenn wir noch ein paar Tage hier bleiben.«

Ellen schwieg, und Julie krabbelte auf allen Vieren wieder in den Unterstand zurück. Sie richtete Käse und Brot her und schmolz Schnee in einer Blechbüchse über der Tranfunzel.

»Sag mal, Ellen, weißt du denn nicht noch ein paar andere Lieder?«, erkundigte sich Julie.

Ellen kannte noch eine ganze Reihe und die beiden sangen sie alle.

Stunden später wurde es langsam etwas heller im Unterstand. Als der Wind sich völlig gelegt hatte, streckte Julie erneut ihren Kopf hinaus.

»Ellen«, rief sie ganz aufgeregt, »Ellen, die Sonne ist wieder da. Ich glaube, jetzt können wir uns auf den Heimweg machen.«

Siku und ihr Junges, dem Julie den Namen Nordland gegeben hatte, sahen zu, wie Ellen und Julie die Schneewand wieder einrissen, so dass die Sonne hereinscheinen konnte. Als Julie und Ellen zum Gatter gingen, rannten Siku und Nordland hinter ihnen her. Aber die restlichen Tiere der Herde rieben ihre Vorderbeine an den Drüsen neben ihren Augen, und als Mutter und Kalb die Warnung rochen, stupste Siku ihr Junges an und beide kehrten zu den anderen Moschusochsen zurück. Während die Kuh im funkelnden Sonnenschein langsam dahinmarschierte, schwangen ihr die langen Zotteln zwischen den Beinen hin und her. Die anderen Tiere nahmen sie in ihre Mitte und besahen sich lange und gründlich das neugeborene Kalb.

Mit einem glücklichen Lied auf den Lippen öffneten Ellen und Julie das Gatter und gingen über den verharschten Schnee. Beim Laufen quietschte er unter ihren Schuhen und jeder Schritt dröhnte, als würden sie auf einer Trommel hin und her laufen. Nach ein paar Metern entdeckten sie verstreutes Heu und an den Spuren im Schnee erkannten sie, dass Aklaq hier die Nachgeburt gefunden hatte. Die beiden Frauen nickten sich zu und bahnten sich ihren Weg zum Fluss hinunter.

Auf einmal hörten sie drei Wölfe heulen, zuerst nacheinander, dann alle auf einmal. Julie klopfte das Herz bis zum Hals. Lauft weg, lauft doch weg, rief sie innerlich. Macht, dass ihr wegkommt.

Ellen sang vor sich hin und wirkte nicht so, als hätte sie das Heulen gehört. Julie berührte ihr Amaroq-Totem und kniff die Augen zusammen.

Zwei Tage nach dem Sturm kam auch Kapugen wieder nach Hause. Er war noch ein paar Tage bei Ulugaq geblieben, bis dieser sich von seiner Blinddarmoperation so weit erholt hatte, dass er wieder transportfähig war.

Er war kaum im Haus, da begann Julie schon davon zu erzählen, wie Ellen Siku und Nordland gerettet hatte. Kapugen starrte sie entgeistert an und schien ihr überhaupt nicht zuzuhören.

»Du sprichst ja englisch«, flüsterte er heiser. »Und das zum ersten Mal seit deiner Rückkehr.« Julie nickte und ihre ohnehin schon rosigen Wangen glühten vor lauter Aufregung.

»Heißt das, dass du mir vergeben hast?«, wollte Kapugen wissen.

»Vergeben?« Julie überlegte, warum er das sagte.

»Vergeben, dass ich eine *Gussak* geheiratet habe«, antwortete er.

Julie ging lächelnd auf Ellen zu und nahm ihre Hand.

»Ich mag sie sehr«, sagte sie. »Für mich ist sie sowohl *Aaka*, Mutter, als auch Freundin.«

»Da bin ich aber froh«, meinte Kapugen. »Da bin ich wirklich sehr froh.«

»Das geht mir genauso«, meinte Ellen. »Weißt du, Julie, mir ist schon bewusst, dass ich in deinen Augen ziemlich merkwürdig bin. Umso mehr freue ich mich über dein Vertrauen.«

»In Minnesota gibt es wirklich nette Menschen«, sagte Julie lächelnd.

»Manche sind schon in Ordnung«, meinte Kapugen und berührte Ellens rote Locken. »Sieh dir doch bloß diese Haare an. Sie sind so fein und doch locken sie sich.« Ellens Locken faszinierten Kapugen immer wieder. Auch jetzt wickelte er eine um seinen Finger und bestaunte sie stumm.

Julie spürte, dass er noch mehr sagen wollte. Als Ellen im Schlafzimmer verschwunden war, ging er ein paar Mal zum

Fenster und wieder zurück. Zum Schluss nahm er Julies Hand.

»Wie ist es, verzeihst du mir auch, dass ich den Wolf getötet habe, der dir das Leben gerettet hat?«, fragte er.

»Woher weißt du, dass du meinen Amaroq umgebracht hast?«, fragte Julie, nachdem sie eine ganze Weile geschwiegen hatte. »Ich habe es dir nicht gesagt.«

»Nein, das weiß ich von den Wölfen«, antwortete Kapugen, und Julie erkannte, dass er die Wahrheit sagte.

Julie blinzelte und senkte den Blick. »Ich habe immer noch das Gefühl, innerlich zerrissen zu werden, wenn ich über Amaroq sprechen soll.« Sie hob den Kopf. »Aber ich habe dich so gern.«

»Das heißt also, dass du mir vergeben hast?«, fragte er noch einmal. Julie sah ihn lange an, während sie überlegte, was wohl ihre Ahnen dazu sagen würden. »Wir verurteilen unsere Angehörigen nicht«, sagte Julie dann endlich. »Ich liebe dich.«

Kapugen legte seine kalten Hände auf Julies rote Wangen und hob ihr Gesicht, bis sich ihre Augen trafen. Sie sah zwar, wie Leid es ihm tat, aber sie erkannte auch, dass er es, falls nötig, jederzeit wiederholen würde.

Während beide nachdenklich schwiegen, hörten sie das melodische Tropfen von Wasser. Das Wasser tröpfelte vom Dach, floss unter dem Haus hervor, rann die Fensterscheiben hinunter und strömte über das Land bis hinunter zum Fluss. Der Sturmgeist war wieder verschwunden, und die Polarsonne brachte den Schnee zum Schmelzen. Das Meer, die Tundra und die Flüsse befreiten sich nach und nach aus ihrer eisigen Zwangsjacke. Gestern hatte das Eis auf dem Avalik lautstark gestöhnt und geknarrt, bevor es in Tausende Stücke zerborsten war. Das viele Wasser auf der

Tundra hatte den Fluss über seine Ufer treten lassen und jetzt flossen das Eis und die Schneeschmelze Richtung Meer auf Kangik und die Bucht zu. Der Wetterumschwung war jetzt wirklich da.

Ganz in der Nähe ertönte plötzlich ein lautes Geräusch und gleich drauf rief jemand.

»Kapugen, dein Boot! Dein Boot!«

»Dein Boot, Kapugen!«

So schnell er konnte, rannte Kapugen aus dem Haus. Julie und Ellen folgten ihm. Mit Schrecken stellten sie fest, dass der mit Eis bedeckte Fluss schon fast bis an die Haustür gestiegen war. Das Wasser hatte Kapugens Motorboot losgerissen und hätte es sicher fortgeschwemmt, wenn nicht zufällig Peter vorbeigekommen wäre. Er hatte es am Bug zu fassen gekriegt und versuchte nun, es an Land zu ziehen. Kapugen machte einen Satz von der Tür ins Wasser und half Peter, wobei er knöcheltief im Eiswasser versank. Plötzlich tauchte ein Eisblock von der Größe eines Wals aus den Fluten auf und bewegte sich auf sie zu.

Julie erkannte, dass sie gebraucht wurde. Platschend stieg sie ins Wasser. Sie packte die Bordwand und zog zusammen mit Peter und Kapugen. Der riesige Eisblock hob sich und krachte wieder ins Wasser, wo er eine mannshohe Flutwelle auslöste. Peter wickelte das Haltetau um einen der Stützpfeiler vor Kapugens Haus, damit die Welle das Boot nicht mit sich reißen konnte.

Als Julie die Welle sah, ließ sie das Boot los und rannte davon, aber Kapugen reagierte nicht. Weil er mit dem Rücken zum Wasser stand, sah er die Welle nicht kommen, und als ihm die Füße weggerissen wurden, verlor er den Halt und fiel in den Fluss. Ellen rannte zu Julie hinüber und klammerte sich voller Panik an sie, während Kapugen weggeschwemmt wurde.

Eilends nahm Peter ein zweites Tau aus dem Boot, rannte damit am Ufer entlang und wartete auf einen günstigen Moment, um es Kapugen zuzuwerfen. Weil der jedoch quer zur Strömung schwamm, wurde er bereits aufs Land zugetrieben.

Ellen hielt sich die Augen zu und flüsterte: »Mein liebes, liebes Baby. Ganz ruhig. Bleib ganz ruhig. Alles wird gut.«

Von der nächsten großen Welle wurde Kapugen in die Luft geschleudert und landete auf einer umgekippten Fischerhütte. Während die Welle wieder zurücklief, klammerte sich Julies Vater an dem Schuppen fest. Dann sprang er an Land und rannte weg vom Wasser.

»*Nangaun!*«, schrie er mit erhobenen Armen, als wolle er Gott danken.

Erst als Kapugen schon fast wieder neben ihnen stand, begann Julie zu zittern. Und als sie Ellen umarmte, spürte sie, dass diese genauso bebte.

Nicht so Kapugen. Obwohl er tropfnass war, brach er in lautes Gelächter aus. Seine Kleider trieften, nur sein Kragen aus Vielfraßpelz war zwar nass, hatte sich aber nicht vollgesogen. Die Haare klebten ihm am Kopf. Kapugen schlug Peter auf den Rücken und machte dabei eine Bemerkung, woraufhin Peter ebenfalls lachen musste.

»Worüber lachen die beiden?«, fragte Ellen entsetzt.

»Um in der Arktis überleben zu können, braucht man Humor«, antwortete Julie. »Eskimos finden Lachen sehr hilfreich.«

Nachdem Kapugen und Peter das Boot ganz aufs Ufer hinaufgehievt hatten, zog sich Kapugen trockene Sachen an und schlüpfte in seine Tauwetter-Gummistiefel. Anschließend gesellte er sich zu den Dorfbewohnern, die gehört hatten, dass der Fluss ihn mit sich fortgerissen und dann wieder freigegeben hatte. Nun wollten sie wissen, wie es ihm ging.

Als Nächstes tauchten Atik und Uma auf. Umas kleiner Sohn Sorqaq, dessen englischer Name Perry war, linste über ihre Schulter. Er steckte in ihrem *Amaunnaq*, dem Frauenmantel, in dem die Mütter ihre Babys und Kleinkinder herumtragen konnten. Um die Taille hatte sich Uma einen Gürtel gebunden. Damit verhinderte sie, dass Perry aus dem Mantel rutschte. Er war aufrecht festgezurrt und konnte neugierig alles betrachten. Als ihm der Wind ins Gesicht wehte, kuschelte er sich an seine warme Mutter an.

Malek rannte auf Kapugen zu. Hinter ihm folgte Marie, die Besitzerin des Ladens.

»*Aaya*«, sagte Marie zu Kapugen. »Anscheinend hast du den Flussgeist beleidigt. Er hat dich nicht gewollt.« Die Leute lachten.

Hinter Marie kam ihr Mann Ernest Adams, ein berühmter Schnitzer, der Walrossstoßzähne bearbeitete. Sein Großvater war als Kapitän auf Walfang gewesen, hatte sich in Wainwright niedergelassen und Anugi geheiratet, die beste Bootsbauerin am Nordpolarmeer. Anugis Vater hatte Ernest beigebracht, Elfenbein zu schnitzen.

Julie beobachtete Ernest Adams, der sowohl ein Eskimo als auch ein *Gussak* war. Er hatte eine hellere Haut als Marie und sein Gesicht lief spitz zu, doch seine dunklen Augen und die hohen Wangenknochen deuteten auf seine Eskimovorfahren hin. Ernests Aussehen war nichts Besonderes. Es gab viele Eskimos mit weißen Vätern oder Großvätern, und in jüngster Zeit hatten manche Kinder auch weiße Mütter. Immer mehr Frauen aus dem Süden kamen in die Nordpolarregion, um hier als Lehrerinnen oder als Ärztinnen zu arbeiten. Einige von ihnen hatten so wie Ellen Männer von hier geheiratet, waren geblieben und hatten eine Familie gegründet. Julie blickte von Ernest auf Ellens schwangeren Bauch und fand es aufregend, dass es jetzt bald ein kleines Kind in ihrer Familie geben würde.

In diesem Moment trat eine weitere Frau auf das Grüppchen zu und begrüßte Ellen. Ihr sechsjähriger Sohn lächelte schüchtern, als Ellen zu Julie sagte: »Das hier ist Benjamin, er geht zu mir in die Schule. Benjamin, das ist meine Tochter Julie.«

Der Junge lächelte Julie schüchtern an und lief dann zu Kapugen hinüber. »Ich bin wirklich froh, dass dich der Fluss nicht behalten hat«, sagte er.

»Ich auch«, antwortete Kapugen. »Ich bin ihm wohl zu schmutzig gewesen und da hat er mich wieder ausgespuckt.«

Benjamin lachte, nahm einen Stein vom Boden und schleuderte ihn ins Wasser.

»Du blöder Fluss, du«, sagte er. »So etwas tut man nicht.«

Lachend hob Kapugen den kleinen Jungen auf seine Schultern und ging dann zu Peter.

»Das Wasser ist schon so hoch, dass es fast euer Haus erreicht«, meinte Peter. »Sollten wir es nicht mit Tauen sichern, damit es nicht weggeschwemmt wird?«

Kapugen ließ Benjamin auf seinen Schultern auf und ab hopsen. »Ich glaube nicht, dass das nötig ist. Das Schlimmste haben wir hinter uns«, meinte er und deutete flussaufwärts. »Auf dem Heimflug heute Morgen habe ich gesehen, dass schon fast die ganze Tundra schneefrei ist und dass es keine Eisbarrieren mehr gibt, die sich losreißen könnten.«

»Hast du denn das Eis gesehen, das die Überschwemmung hier verursacht hat?«

»Ja, ich glaube in der Nähe vom Dutch-Camp. Aber ganz sicher bin ich mir nicht. Das Eis, das ich gesehen habe, kam mir gar nicht so groß vor. Ich glaube, das Tauwetter spielt uns einen Streich.«

Obwohl das Hochwasser langsam zurückging und die Dorfbewohner nicht mehr gebraucht wurden, um Kapugens Haus vor dem Wegschwimmen zu bewahren, ging niemand nach Hause. Es war sonnig und warm, fast fünf Grad über null. Alle Dorfbewohner waren froh, endlich wieder aus den Häusern zu kommen. Eine Schneeammer zwitscherte munter drauflos und Julie reckte den Kopf. Sie entdeckte den Vogel, als er gerade mit ein paar Samenkörnern im Schnabel aufflog.

»Der Sommer ist da«, rief Julie. »Die Schneeammern füttern ihre Jungen.«

»Der Sommer ist da«, rief Benjamin und rutschte wieder von Kapugens Schultern hinunter.

»Das müssen wir feiern«, meinte Kapugen. »Ich habe aus Barrow einen großen Sack Mehl mitgebracht. Damit können wir Eskimo-Doughnuts backen.«

Und Malek, der gerade von einer erfolgreichen Waljagd zurückgekehrt war, meinte: »Ich könnte Walfleisch und *Maktak* beisteuern.«

Die Leute brachen in Beifallsrufe aus.

»*Maktak*«, rief Benjamin und tanzte aufgeregt hin und her. »*Maktak* schmeckt noch besser als alle Süßigkeiten der Welt.«

»Dann feiern wir jetzt ein Walfest, ein *Nalukataq*«, verkündete Malek. »Es ist an der Zeit, dass wir den Fang aufteilen.«

»Wie viele Wale hat Wainwright denn bekommen?«, wollte Atik wissen.

»In diesem Jahr liegt die Quote bei fünf«, antwortete Malek. »Ich weiß schon, dass das nicht für alle reicht, aber ich kann es auch nicht ändern. Es gibt eben nur so viele, wie uns die Walfangkommission genehmigt.«

»Warum denn das?«, rief Benjamin. »Ich könnte jeden Tag *Maktak* essen.«

»Wir müssen die Wale am Leben lassen«, sagte Malek, »damit du auch später noch mit deinen Kindern und Enkeln *Maktak* essen kannst.«

»Und weil wir noch viele Male *Nalukataq* feiern und uns von euch mit dem Schleudertuch in die Luft werfen lassen wollen«, ergänzte Marie.

»Wo ist denn das Tuch?«, wollte Atik wissen.

»Es wird hinten im Laden aufbewahrt«, antwortete Marie. »Los, kommt, wir holen es – jeder kann mit anpacken.«

»Schleudertuch, Schleudertuch«, rief Benjamin. Dann entdeckte er seinen Freund Roy, und gemeinsam sprangen sie mitten in sämtliche Pfützen auf dem Weg, während die Leute langsam auf dem Kiesweg hinunter zur Kirche gingen. Voller Vorfreude auf das *Nalukataq* planschten die Kinder in den Pfützen herum. Auf diese Weise begrüßen die Kinder in der Arktis den Frühling. Auch Julie war in ihre Tauwetter-Gummistiefel geschlüpft, stand mitten in einer tiefen Pfütze, spritzte mit Wasser herum und freute sich lautstark. In der Arktis sind Pfützen etwas Besonderes.

Das *Nalukataq*-Fest wurde vor der Kirche gefeiert. Im Grunde war die Kirche vor allem ein Gemeinschaftszentrum für die Dorfbewohner, schließlich kam der Pfarrer nur ein paar Mal im Jahr nach Kangik. Heute feierten die Leute hier ihr Fest. Während im Hintergrund der Fluss rauschte, trafen die Erwachsenen die Vorbereitungen. Gaskocher wurden in einem Kreis aufgestellt und Töpfe voll Wasser zum Kochen gebracht. In der Mitte stellte Malek seinen Schlitten mit Walfleisch und Tran ab und zerteilte die großen Fleischstücke in so kleine Portionen, dass sie in die Töpfe passten. Er schnitt die köstliche Haut in kleine Happen, bestrich jeden davon mit ein bisschen Tran – und fertig war das *Maktak*. Als Nächstes zerteilte er die Schwanzflosse des Wals in viele dünne Scheiben, die seine Frau Taktuk später verteilte. Die älteren Eskimos behaupteten, diese Zeremonie sei bereits viertausend Jahre alt.

Zu dieser Jahreszeit lebten an die fünfzig Menschen in Kangik, und binnen einer Stunde hatten sie alle ihre Häuser verlassen und feierten ausgelassen. Das Schleudertuch aus Seehundsfell wurde auf dem Boden ausgebreitet. Marie servierte Entensuppe und Uma, und Taktuk teilten das rohe *Maktak* aus. Vier Trommler stellten einen muschelförmigen Musikpavillon aus Karibufellen auf. Dann spannten sie ihre runden, flachen Trommeln, die wie Lutscher auf kleinen Stielen befestigt waren, und setzten sich kerzengerade auf ihre Sitzfelle. Weil Harry Ulugaq nach seiner Operation immer noch ziemlich schwach war, musste er zu seiner Trommel geführt werden. Es hieß, er wolle unbedingt singen und spielen.

Als Erstes waren ein paar langsame Schläge auf einer Trommel zu hören, die mit einer Haut aus Walleber bespannt war. Mit dieser besonderen Trommel wurde das *Nalukataq* eröffnet. Julie und Ellen eilten nach Hause, weil sie zu Hause Eskimo-Doughnuts zubereiten wollten, so wie Kapugen es versprochen hatte. Julie hängte ihre nassen Handschuhe zum Trocknen auf einen der Holzbalken unter der Decke, an denen Kapugens Kajak befestigt war.

»Und wie werden Eskimo-Doughnuts gemacht?«, wollte Ellen wissen.

»Keine Ahnung«, sagte Julie lachend. »Da muss ich Marie fragen – die weiß so etwas bestimmt.« Damit rannte sie weg und kam kurz darauf wieder zurück.

»Man muss fünfzehn Handvoll Mehl in eine Schüssel geben«, sagte sie mit einem verlegenen Grinsen, »ein bisschen Wasser und Zucker dazumischen und das Ganze fünf Tage lang gehen lassen. Dann wird der Teig ausgerollt, in Portionen zerteilt und in reichlich Walfischtran ausgebacken.«

»Das ist doch nicht dein Ernst?«, fragte Ellen und zwinkerte ihr zu. »Eskimofrauen haben offensichtlich viel Humor. Ich finde, wir sollten die Doughnuts so wie in Minnesota machen.« Sie holte einen großen Topf aus dem Küchenschrank, schlug ihr Kochbuch auf und bat Julie, die Zutaten vorzulesen, während sie alles zusammenmischte.

Julie las und blätterte in dem Buch hin und her.

»Was ist denn ein Apfelkuchen?«, wollte sie wissen.

Ellen blickte verwirrt auf.

»Im ersten Moment habe ich gedacht, das weiß doch jedes Kind«, antwortete sie. »Ich vergesse immer wieder, dass ich hier oben am Eismeer bin. Apfelkuchen ist für die Menschen im Süden das, was *Maktak* für die im Norden ist. Alle Weißen lieben Apfelkuchen. Jedenfalls behaupten sie das.« Ellen lachte und kippte den Teig auf den Tisch, knetete ihn nochmals durch und rollte ihn dann aus. »Nach dem *Nalukataq* Fest backe ich dir einen Apfelkuchen.«

»Und was ist ein Apfel?«, fragte Julie.

Ellen rang ihre klebrigen Hände. »Entschuldige bitte, aber ich kann mich einfach nicht daran gewöhnen, dass es hier überhaupt keine Bäume gibt«, sagte sie. »Ich denke immer, ich brauchte bloß in den Garten hinter dem Haus zu gehen, um ein paar Äpfel zu pflücken. Äpfel sind süße, saftige Früchte, die an Bäumen wachsen.« Ihre Augen schimmerten feucht und Julie ahnte, dass sie in diesem Moment ziemliches Heimweh hatte. Sie erinnerte sich daran, wie sie sich in Barrow gefühlt hatte, wenn jemand Nunivak Island erwähnt hatte. Der einzige Unterschied war der, dass Minnesota sehr viel weiter weg lag.

Dann erklangen wieder die Trommeln und danach setzte ein rhythmischer Gesang ein. Ellen zeigte Julie, wie man mit einem umgedrehten Wasserglas aus dem ausgerollten Teig Kreise ausstach und wie sie mit einer leeren Limonadenflasche in die Mitte der Kreise Löcher bohren konnte. Nachdem Ellen geprüft hatte, ob das Öl heiß genug war, legte sie drei Doughnuts nebeneinander in die Pfanne.

»Wenn sie braun sind, holst du sie mit diesem Sieb hier aus dem Fett«, bat Ellen. Dann öffnete sie verschiedene Dosen und begann, einen opulenten Salat zusammenzumischen.

Kapugen kam nach Hause, um seine Eskimo-Jojos für einen Wettbewerb zu holen. Das Eskimo-Jojo bestand aus zwei kleinen Säckchen, die mit Fell bezogen waren und an zwei Schnüren hingen. Im Vorbeigehen stibitzte er sich vom Kuchengitter einen der Doughnuts, die dort zum Auskühlen lagen. Neugierig drehte er das Gebäck in den Händen hin und her.

»Das sind Minnesota-Doughnuts«, erklärte Julie. Kapugen nahm einen großen Bissen, sagte: »Hmmmm«, und biss noch einmal zu.

»Eigentlich fehlt nur noch ein bisschen Lachs«, meinte er dann.

»Lachs?«, fragte Ellen entsetzt, aber Kapugen bekam

ihre Reaktion gar nicht mehr mit, weil er das Haus schon wieder verlassen hatte. Er öffnete seinen Eiskeller, ein fast vier Meter tiefes, quadratisches Loch im Dauerfrostboden. Dann kletterte er auf einer Leiter in die minus acht Grad kalte Kuhle und holte drei riesige Lachse heraus.

»Damit feiern wir den großen Wal«, sagte er und steckte die Fische in einen Beutel, den er sich über die Schulter schwang. Hinter ihm folgte Julie mit den Doughnuts in einer riesigen Schüssel und als Letzte kam Ellen mit dem Salat. Beim Klang der Tundratrommeln gesellten sich Kapugen und seine Familie zu den anderen Feiernden.

Nachdem alle Dorfbewohner auf dem Platz eingetroffen waren, kletterte Taktuk auf den Schlitten ihrer Familie.

»Hört mal alle her! Ist hier eine Frau, die einen Ehemann hat und drei Kinder?«

»Ich«, rief Marie und kam lachend nach vorn.

»Ein besonders schönes Stück Walflosse für Marie«, sagte Taktuk und reichte ihr einen ausgewählten Leckerbissen. Alles klatschte, während Marie damit zu ihrem Gaskocher zurückkehrte.

»Und ist jemand hier, der einen goldenen Zahn hat?«, rief Taktuk als Nächstes.

»Na klar, Henry, Henry Smith«, meinten die Leute und schubsten einen flinken, kleinen Mann in die Kreismitte. Taktuk rief noch eine ganze Reihe anderer Dorfbewohner nach vorn, indem sie bestimmte Eigenschaften nannte oder die Anzahl der Kinder, die Farbe des Anoraks oder die Größe der Gummistiefel.

»Ein Stück ist noch da«, rief sie dann endlich. »Gibt es jemanden hier, der Kapugens Julie in sein Herz geschlossen hat?«

»Ich«, rief blitzschnell ein junger Mann.

»Ich natürlich«, meinten wie aus einem Mund Kapugen und Ellen, aber ein bisschen zu spät. Daraufhin sprang Peter Sugluk nach vorn in den Kreis, um den Preis entgegenzunehmen.

Die Schuljungen lachten und die Mädchen kicherten. Die Erwachsenen lächelten und machten scherzhafte Bemerkungen. Julie verbarg sich hinter Kapugen, grub ihr Gesicht in seinen *Attigi*, den Sommeranorak, und spähte an ihm vorbei.

Peter nahm seine große Portion Schwanzflosse in Empfang, hielt sie mit beiden Armen in die Luft und ging damit zu Ellen hinüber, um sie ihr zu überreichen. Er trug Eskimokleidung, einen Anorak aus Rentierfell, der mit einem Vielfraßpelz verziert war.

Dann ging Peter in die Knie, grätschte die Beine und tippte mit einer Fußspitze auf den Boden. Die Trommler griffen seinen Rhythmus auf, während er sich tanzend auf die Mitte des Kreises zubewegte.

Peter tanzte behende und anmutig und bewegte dabei seine ausgestreckten Arme, die Fußspitzen und den ganzen Körper in einem komplizierten Rhythmus. Als Nächstes tat er so, als würde er einen Speer hoch in die Luft werfen, und dann sah es so aus, als würde er ein geheimnisvolles Tier abhäuten, das Fell schaben und es sich dann über die Schultern legen. Die ganze Zeit tanzte er so gewandt, als wäre er kein Mensch, sondern ein Fuchs, der im Schnee auf die Jagd geht. Als er fertig war, verbeugte er sich vor den Dorfbewohnern.

»Ihr sollt alle wissen«, sagte er in *Yupik*, »dass ich meinen Adoptiveltern Malek und Taktuk sehr dankbar bin. Der nächste Tanz ist für sie.«

Als Nächstes tanzte Peter verschiedene Tiere. Zuerst ein

Rentier, das durch die Tundra läuft, dann eine Herde Schneegänse, die in raschem Flug das Eismeer überquert, einen Seehund, einen Wal und zum Schluss eine Herde Karibus. Dabei bewegten sich seine Hände, seine Füße und sein Körper so fließend wie eine elfenbeinfarbene Möwe. Keiner der Dorfbewohner hatte so etwas zuvor schon einmal gesehen und alle schauten ihm gebannt zu. Julie war genauso gefesselt wie alle anderen.

Dann nickte Peter Julie zu, doch sie zögerte. Kapugen gab ihr einen kleinen Schubs, um anzudeuten, dass sie in den Kreis gehen solle. Julie gab nach und begann lächelnd zu tanzen. Sie hielt ihre Arme in die Luft, winkelte die Handgelenke ab und streckte die Daumen zur Seite, während Peter mit seinen Füßen den Takt stampfte. Julie tanzte den Frauentanz, so wie sie es auf Nunivak Island gelernt hatte. Als sie fertig war, machte sie eine Verbeugung und Peter begann einen weiteren Männertanz, der mit einer schnellen, komplizierten Schrittfolge zu Ende ging. Anschließend kam er zu Julie hinüber, als hätte er sich nun das Anrecht auf ein Gespräch mit ihr erworben.

»Wo hast du denn so wunderschön tanzen gelernt?«, fragte Julie schüchtern.

»In Sibirien«, antwortete Peter. »Von dort komme ich her.«

»Aus Sibirien?« Das erklärte zumindest, warum er einen so merkwürdigen Akzent hatte. Kein Wunder, wenn er von so weit her kam. »Und wieso bist du hier?«, wollte Julie wissen.

Peter zog sie am Arm und ging mit ihr zu dem Fell, das als Schleudertuch diente.

»Ich bin mit den sibirischen Yupik-Tänzern hergekommen«, antwortete er. »In Alaska sind wir in Barrow und

Kaktovik aufgetreten. Und dann waren wir noch in Kraulshavn auf Grönland. Ich komme aus Prowidenija in Sibirien. Ich finde, dass die Menschen, die in der Arktis leben, zusammengehören. Ich spreche *Yupik*, ebenso wie du. Wir jagen und fischen, ebenso wie ihr. Grenzen haben die Staaten gezogen, aber nicht die Kultur. Schau, ich bin hier und wir tanzen denselben Tanz, obwohl wir uns noch nie begegnet sind.« Dabei beugte sich Peter nach vorn und hielt das Schleudertuch an einer Seite hoch. Julie ergriff nun ebenfalls die Kanten des Tuchs.

»Wo sind denn deine Mittänzer?«, wollte Julie wissen, als sich alle um das Seehundsfell versammelt hatten.

»Die sind wieder nach Hause gefahren, weil unsere Tournee zu Ende war. Aber mir hat es hier gut gefallen, und als ich dann eines Tages Malek kennen gelernt habe, hat der mir erzählt, dass es in Kangik Moschusochsen gibt und dass er jemanden braucht, der ihm bei den Tieren zur Hand geht. Ich habe ihm gesagt, dass ich mich mit Moschusochsen auskenne, weil es auf unserer Seite des Eismeers auch welche gibt. Damit ich bleiben konnte, haben mich Malek und Taktuk ganz legal adoptiert und dafür bin ich ihnen noch heute sehr dankbar.«

»Sibirien«, wiederholte Julie.

»Die Weißen haben mit ihrer Politik lange Zeit verhindert, dass wir Eskimos zusammenkommen können«, sagte Peter und umklammerte das Fell noch fester. »Wir hatten schon fast vergessen, dass wir nicht allein sind. Aber noch haben wir unsere Tänze und unsere Sprache. Wusstest du, dass sie sechstausend Jahre alt sind? Das ist eine aufregende Sache, findest du nicht?«

»Tiefer, tiefer«, rief Kapugen, und die Leute aus dem Dorf ließen das Fell bis fast auf die Erde herunter, so dass

Benjamin in die Mitte krabbeln konnte. Auf ein Zeichen hin hoben alle das Fell vorsichtig an und ließen es anschließend rhythmisch wieder sinken.

»Und wieder hinauf damit!«

Benjamin flog über vier Meter hoch in die Luft und ruderte wild mit Armen und Beinen, um das Gleichgewicht zu halten. Einen Augenblick lang hing er so zwischen Himmel und Erde und war nur noch als helle Gestalt in einem blauen Anorak mit weißem Fellkragen zu erkennen. Dann fiel er wieder herunter, berührte das Fell und wurde erneut nach oben geschleudert. Auf diese Weise flog er dreimal hoch hinauf in den blauen Himmel und kam anschließend wieder auf die Erde hinunter. Danach gab es eine Pause.

Nach Benjamin wurde Edna Ulugak in die Luft geworfen. Sie wirkte wie ein kleiner Vogel und ruderte so anmutig mit ihren Armen, dass alle ihr zujubelten. Als sie müde war, kam ihr großer Bruder an die Reihe.

Alle, die Lust hatten, durften wie ein Gummiball in die Luft fliegen und dort droben die abenteuerlichsten Verrenkungen und Drehungen ausprobieren. Als keiner mehr fliegen wollte, wurde das Schleudertuch wieder weggeräumt.

Julie schenkte Peter einen Minnesota-Doughnut. Er steckte ihn sich auf den Finger und tanzte einen Doughnut-Tanz, nach dem er das Gebäck genüsslich verspeiste. »Schmeckt merkwürdig«, meinte er. Dann reichte ihnen Marie *Maktak* auf Papptellern und sie setzten sich zum Essen auf den Boden.

»Hmmm«, freute sich Peter. »Fast wie zu Hause.«

»Eines ist hier aber bestimmt nicht wie bei dir zu Hause«, sagte Julie. »Bei uns sagt man erst dann zu jemandem, dass man ihn liebt, wenn man das auch wirklich tut.«

»Das ist bei uns genauso«, erwiderte Peter. »Ich liebe

dich.« Er sah Julie an. »Wir in Sibirien verlieben uns schneller. Ich glaube, hier dauert es länger. Aber daran sind nur die Weißen schuld. Die weißen amerikanischen Männer gehen erst mal zur Schule, dann suchen sie sich eine Arbeit und dann bauen sie ein Haus. Und erst wenn sie alt sind, verlieben sie sich.«

Julie kaute auf ihrem *Maktak* herum und dachte an Daniel und daran, dass sie gerade dreizehn gewesen war, als sie ihn geheiratet hatte. Für Julies Gefühl hatten die weißen Männer gar nicht so Unrecht.

Die Sonne erreichte ihren tiefsten Punkt und stieg dann wieder in den Himmel empor. Es war jetzt schon ziemlich spät in der Nacht. Julie sah, dass Ellen aufräumte, und ging zu ihr hinüber, um zu helfen. Peter stand auch auf.

»Julie«, sagte er eindringlich, zog sie am Arm und führte sie zur Seite, »ich möchte gern mit dir über deine Wölfe sprechen.«

Entsetzt wich Julie zurück. »Woher weißt du von ihnen?«

»Ich weiß es eben.«

»Warum? Wie kommt das?«, wollte sie wissen.

»Der Wolf ist dir freundlich gesinnt«, sagte er in einem Tonfall, als sollte sie eigentlich so schlau sein, ihn so etwas gar nicht erst zu fragen.

»Kapu ist ein wilder Wolf«, entgegnete Julie scharf. »Das reicht.« Sie lief zu Ellen hinüber.

»Aber Julie, hör doch.« Peter bekam ihren Arm zu fassen und zog sie erneut zur Seite. »Letzte Nacht hat Kapu mit seiner Meute einen Moschusochsen gerissen.«

Julie wirbelte herum. »Das ist nicht wahr«, rief sie. »Das hat er nicht. Er ist bei den Karibus am Anaktuvuk-Pass.«

»Die Grislibärin hatte den Zaun eingerissen«, sagte Peter langsam und eindringlich. »Und um sie zu verjagen, habe ich mit dem Gewehr in die Luft geschossen und bin ihr weit gefolgt. Aber während ich weg war, sind die Wölfe ins Gehege eingedrungen, und als ich zurückkam, haben sie den toten Ochsen liegen lassen und sind weggelaufen. Dann habe ich den Zaun repariert und gewartet, ob sie wohl noch einmal zurückkommen würden. Aber es hat sich nichts getan.«

»Nein, Peter, nein«, rief Julie. »Kapugen wird sie alle töten.« Julie rannte weg und kam wieder zurück. »Sag es ihm bitte nicht«, bat sie ihn. »Das will ich selbst tun.«

Teil II

Amy, der Wolfswelpe

Julie fühlte sich so verlassen, als würde sie in dichtem Schneegestöber stecken. Regungslos stand sie da und dachte darüber nach, was Kapu getan hatte. Die Trommler räumten ihre Trommeln weg, die Dorfbewohner trugen die Essensreste heim, und die Kinder, die bereits eingeschlafen waren, wurden in ihre Betten getragen. Kapugen und Ellen brachten Benjamin, Roy und der kleinen Edna Ulugak bei, wie man beim Kaributanz die Arme und Beine bewegen muss, aber Julie bekam von alldem nichts mit. Ihre Gedanken kreisten nur um das Schicksal, das ihren Wölfen drohte.

Sie sah nicht einmal, dass Peter sie beobachtete und auf sie zukam. In dem dunstigen Sonnenlicht, das jetzt, um ein Uhr in der Nacht, über dem Land lag, wirkte seine Haut fast rötlich braun.

Julie ging zu Kapugens gerettetem Boot hinüber, setzte sich hinein und starrte auf den wild dahinschäumenden Fluss. Der Wasserstand war gesunken, doch das Gewässer wurde immer noch von großen Eisblöcken aufgewühlt, die schnell nach oben gewirbelt wurden und dann wieder versanken, um ein Stück weiter flussabwärts erneut an die Oberfläche zu kommen. Dabei zerbarsten sie mit lautem Krachen. Julie genoss den Lärm, denn er erschien ihr wie eine Wand zwischen ihr und der inzwischen müden Fröhlichkeit der Bewohner von Kangik. So konnte sie ungestörter darüber nachdenken, was sie für ihre Wölfe tun konnte.

Ihr ging durch den Kopf, dass Kapu inzwischen bestimmt Junge hatte, von denen er sich nicht allzu weit entfernen würde. Langsam entwickelte Julie einen Plan.

Mitten in ihre Gedanken hinein begann plötzlich Kapugens Funkgerät zu krächzen.

»Stützpunkt *White Fox*«, hörte Julie. »Hier ist die Rettungsstation in Wainwright. Kapugen, hörst du mich? Bitte kommen.«

Julie saß ganz ruhig und dachte über Kapu nach. Als aber der Aufruf noch einmal wiederholt wurde, schüttelte Julie den Kopf, rannte ins Haus und stellte das Funkgerät an.

»Hier *White Fox*. Wainwright Rettungsstation, ich höre euch. Kapugen ist nicht im Haus. Bitte kommen.«

»Stützpunkt *White Fox*. Hier spricht die Rettungsleitstelle. Wir haben einen Notfall. Ist Kapugen in der Nähe? Bitte kommen.«

»Ich hole ihn sofort. Ende.«

Kapugen war Mitglied des Rettungsdienstes von North Slope und wurde offenbar gebraucht. Julie lief, so schnell sie konnte.

Kapugen tanzte gerade mit Ellen und Uma auf dem sonnenhellen Platz vor der Kirche. Die Kinder waren inzwischen verschwunden, und Uma zeigte Ellen gerade die Schrittfolge für eine besondere Stelle im Frauentanz. Während Ellen Umas Bewegungen geschickt nachtanzte, lief Julie zu Kapugen.

»Aapa«, rief sie, »der Rettungsdienst braucht dich.«

Kapugen hörte zu tanzen auf, nahm Ellen bei der Hand und ging eilends nach Hause. Langsam folgte Julie den beiden und dachte darüber nach, wie sie Kapugen die Sache mit Kapu und dem Moschusochsen sagen sollte.

Als Julie das Haus betrat, schlüpfte Kapugen gerade in seine Fliegerjacke.

»Die Nachrichten klingen gar nicht gut«, sagte er. »Ein Rechtsanwalt und seine Frau aus Barrow sind auf dem Meer verschollen. Sie sind noch vor dem Sturm mit ihrem Boot in die Bucht von Kuk aufgebrochen. Und jetzt gibt es kein Lebenszeichen mehr von ihnen. Ich fliege hinaus und versuche sie zu finden.« Er ging zu seinem Funkgerät hinüber und schaltete es ein.

»Malek, hörst du mich?«, fragte er laut. »Hier ist Kapugen.«

Zuerst tat sich gar nichts.

»Ja, Kapugen, ich höre dich, aber nicht besonders gut«, ertönte es dann aus dem Gerät. »Ich schlafe nämlich. Bitte kommen.«

»Dann versuch mal so schnell wie möglich wach zu werden, mein tapferer Copilot«, sagte Kapugen. »Wir treffen uns am Hangar. Auf dem Meer draußen werden zwei Leute vermisst. Ende.«

Dann schaltete Kapugen das Gerät aus, gab Ellen einen Kuss und tätschelte Julie die Wange.

»Bis bald«, sagte er.

»Aapa.« Julie lief zu ihm hinüber. »Ich muss dir etwas sagen.«

»Später, später«, antwortete Kapugen und eilte im rotgoldenen Sonnenlicht des jungen Tages davon.

»Er muss sie unbedingt finden«, sagte Ellen zu Julie, die mit dem Rücken zu ihr stand. »Das Land hat schon viel zu viele Unglücksfälle zu beklagen.»

»Da hast du Recht«, meinte Julie und kletterte auf das *Iglek* hinauf. Ellen ging in ihr Schlafzimmer und ließ die Rollos herunter, um einschlafen zu können. Die Hunde schlugen an, als Kapugens Flugzeug startete, und dann lag Kangik still da. Das *Nalukataq*-Fest war zu Ende.

Kapugen blieb zwei Tage weg. Als er zurückkam, war er trübsinnig und nachdenklich. Er machte am Laden Halt und erzählte Marie und ein paar Kunden, dass er das Boot kieloben an einem einsamen Strand entdeckt, weit und breit aber niemanden gefunden habe. In dem Boot hatte Kapugen das Logbuch des Rechtsanwalts entdeckt. Darin stand, dass der Mann wegen desselben Sturms umgedreht war, in den auch Ellen und Julie geraten waren. Das Unwetter hatte ihn jedoch eingeholt. Die Leute im Geschäft schüttelten die Köpfe bei dieser Nachricht. Jeder hier wusste, wozu der Wettergott Hilla imstande war, und Kapugens Nachricht stimmte sie traurig.

In der Woche danach war Kapugen ständig unterwegs. Er war so beschäftigt, dass es keine Möglichkeit gab, mit ihm zu sprechen, und er hatte ohnehin keine Zeit, zum Pferch hinauszufahren. Zusammen mit Malek flog er mehrmals nach Barrow, um die Angelegenheiten der Familie des Rechtsanwalts zu regeln, und in der Zwischenzeit suchten sie die einsamen Strände und Buchten nach den beiden Leichen ab. Malek beauftragte Peter, sich um die Moschusochsen zu kümmern.

Julie wartete noch immer auf eine Gelegenheit, mit Kapugen reden zu können. Bis es so weit war, schmökerte sie in den neuen Büchern, die sie beim Saubermachen der Schule vor den Sommerferien gefunden hatte. Sie fischte, fütterte die Hunde und überprüfte den Zaun des Pferchs. Am späten Nachmittag ging sie meistens in die Tundra hinaus, um nach Tierspuren Ausschau zu halten und zu beobachten, was die Vögel jetzt gerade taten. All das gehörte zu dem Plan, den sie sich ausgedacht hatte.

Als der Sommer kam, warfen die *Uminmaks* ihr *Qivit* ab, und Peter bat Julie, ihm beim Aufsammeln zu helfen. Sie willigte gern ein, denn sie war froh, etwas zu tun zu haben, bis sie mit Kapugen sprechen konnte. Wenn sie das erst einmal hinter sich gebracht hatte, würde sie in die Tundra hinausgehen und auf Botschaften von ihren Wölfen lauschen.

Eines Nachmittags kamen zwei Kälbchen zur Welt und Julie rannte nach Hause, dass ihre schwarzen Haare nur so flatterten.

»Ellen«, rief sie aufgeregt, »Nordland hat zwei neue Freunde.«

»Gleich zwei neue Moschusochsen auf einmal«, sagte Ellen lächelnd. »Das ist ja wunderbar. Wirklich wunderbar. Bald ist unsere Herde so groß, dass sich das *Qivit*-Geschäft wirklich lohnt.« Sie schlug ein Notizbuch auf und vermerkte darin die beiden Zugänge. »Sind es Männchen oder Weibchen?«

»Zwei Weibchen«, antwortete Julie.

»Prima. Das bedeutet, dass wir mit weiteren Jungtieren rechnen können.«

»Ich finde, wir sollten das feiern«, meinte Julie. »Ich gehe raus und fange uns den besten Lachs, den ich finden kann. Die ersten wandern schon langsam den Fluss hinauf.«

»Das ist eine gute Idee«, sagte Ellen. »Ich werde ihn so zubereiten, wie man es in Minnesota macht.«

Julie brauchte gar nicht lange, um einen Fisch zu fangen. Sie filetierte ihn geschickt und sah Ellen dann zu, wie sie ihn mit Kräutern und gedörrten Früchten füllte, die ihr ihre Mutter geschickt hatte.

Nachdem Ellen den Fisch in den Ofen geschoben hatte, streckte sie sich und meinte: »Wenn ich mir ansehe, in welche Bücher du zur Zeit deine Nase steckst, dann habe ich fast den Eindruck, dass du schon viel zu weit bist, um nächsten Winter hier in Kangik auf die Schule zu gehen.«

»Findest du wirklich?«, fragte Julie. »Das ist aber schade. Ich wäre so gern zur Schule gegangen.«

»Natürlich kannst du zur Schule gehen«, sagte Ellen, »nur wahrscheinlich nicht hier. Die Regierung von North

Slope hat zwar vor, im nächsten Jahr hier in Kangik eine Highschool zu errichten, aber bis es so weit ist, müssen alle Schüler entweder nach Barrow, nach Anchorage oder nach Fairbanks fahren. Danach kannst du auch auf die Universität von Alaska gehen oder auf ein College oder eine Uni in irgendeinem anderen US-Staat.«

Julie hörte ihr aufmerksam zu.

»Wenn du dich dazu entschließt«, sagte Ellen, »dann kann ich dir einen Aufnahmeantrag besorgen.«

»Ich werde darüber nachdenken«, gab Julie ohne große Begeisterung zurück.

»Du wärst dort nicht allein«, versuchte Ellen sie zu überreden. »Es gibt dort jede Menge andere junge Eskimos in deinem Alter. Und du könntest zum Tanzen gehen, zum Basketballspielen und zu Volleyballturnieren.«

Julie schwieg, aber Ellen ließ nicht locker.

»Einer meiner Schüler hat letztes Jahr in Anchorage die Highschool abgeschlossen. Er geht diesen Herbst auf die Universität von Alaska nach Fairbanks. Würde dir das denn keinen Spaß machen?«

»Was machen die Studenten denn, wenn sie fertig sind?«, fragte Julie.

»Die meisten kommen hierher in den Norden zurück«, antwortete Ellen. »Einer ist jetzt Schulinspektor. Ein anderer arbeitet bei der Bank. Eine Frau aus Barrow hat sich auf *Iñupik* spezialisiert und arbeitet jetzt an einem *Iñupik*-Lexikon. Im Bildungsbereich gibt es hier oben viel zu tun. Die Eskimos wollen ihre Kultur aufrechterhalten, aber gleichzeitig wollen sie auch lernen, wie man Computer bedient und Bibliotheken nutzt.«

Julie saß mucksmäuschenstill. Vor anderthalb Wochen hätte sie Ellen wahrscheinlich gebeten, ihr einen Antrag zu besorgen. Aber jetzt ging das nicht. Julie hatte eine Vereinbarung mit ihren Wölfen. Zuerst einmal musste sie die Wölfe retten.

Ellen stellte im Radio einen Sender mit klassischer Musik ein und trug den Lachs auf.

»Soll ich dich anmelden?«, fragte sie Julie.

»Ich muss erst darüber nachdenken.« Ellen, die wohl spürte, dass Julie sich dagegen sperrte, ging zum Kalender hinüber.

»Dein kleiner Bruder oder deine kleine Schwester wird voraussichtlich um den fünften Juli herum zur Welt kommen. Das hat jedenfalls der Arzt gesagt. Wenn das Baby da ist, können wir ja noch mal über die Schule sprechen.« Ohne ein weiteres Wort aßen die beiden ihren Fisch und lauschten dem Wind, der an den Fenstern rüttelte und dabei von Ellens Musik untermalt wurde.

Nach einer Weile sagte Julie: »Wie selbstsüchtig ich doch bin! Ich habe noch gar kein Geschenk für mein kleines *Paipuraq*.« Sie entfernte die Essensreste und stapelte die Teller in einer Schüssel mit Abwaschwasser. »Aber ich kann ganz gut nähen«, fuhr sie fort. »Für Nusan, die Frau von Kapugens wichtigstem Geschäftsfreund, habe ich mal schöne Anoraks genäht.« Julie schlüpfte in ihre Tauwetter-Gummistiefel. »Wenn ich wiederkomme, wasche ich das Geschirr ab«, sagte sie. »Aber erst muss ich zum Hangar. Kapugen hat mir weiße Hermelinpelzchen geschenkt. Er meinte, ich sollte mir daraus etwas Schönes nähen, aber ich werde stattdessen für das Baby einen schimmernd weißen Anorak aus Hermelin machen.« Dann zog sie ihren Sommeranorak über den *Attigi*. »Siehst du, jetzt bin ich nicht mehr selbstsüchtig«, sagte sie.

»Ich finde nicht, dass du das irgendwann mal gewesen wärst«, gab Ellen zurück.

Julie lächelte schüchtern und eilte hinaus ins kühle Sonnenlicht. Vom fernen Ozean her wehte ein sanfter Wind. Im niedrigen Riedgras und Schilf am Fluss hockten Gänse und Enten in ihren Nestern. Im tiefen, blaugrünen Wasser der Bucht von Kuk fingen Männer und Frauen in Fischerbooten gerade die ersten Lachse und Weißfische, die auf dem Weg zu ihren Laichplätzen im Landesinneren waren. Die Zeit für den Walfang war zu Ende und auch die für die Enten- und die Seehundsjagd war vorbei; jetzt begann die Angelzeit.

Julie planschte durch die Schlammpfützen und überlegte dabei, wie sie den Hermelinanorak nähen könnte. Hopsend rannte sie zum Hangar. Sie sah Peter erst, als er direkt vor ihr stand.

»Hallo, Julie«, sagte er lächelnd. »Ich habe gehofft, dass ich dich hier finde. Stell dir vor, ich habe deine Wölfe gesehen.«

Julie blieb wie angewurzelt stehen und sagte nichts. Nur mit den Augen fragte sie: *Wo?*

»An die sechzig Kilometer den Avalik hinauf«, antwortete er. »Sie haben Nahrung durch die Gegend geschleppt.«

»Das hört sich gut an, denn dann haben sie das Futter zu einem Muttertier gebracht. Das bedeutet, dass sie in einem Bau hausen.«

»Ja, den Eindruck hatte ich auch.«

»Wie viele erwachsene Wölfe hast du gesehen?«

»Es waren drei.«

»Nur drei«, wiederholte Julie. »Bist du dir ganz sicher, dass es nicht mehr waren? Als Atik sie im Winter gesehen hat, waren sie noch zu acht.«

»Der Winter ist für die Wölfe sehr hart gewesen, weil sie nichts zu fressen hatten. Es kann gut sein, dass einige vor Hunger gestorben sind.«

Julie biss sich auf die Lippe. »Ich muss zu ihnen. Sechzig Kilometer sind für einen Wolf kein Entfernung. Wer weiß, vielleicht reißen sie noch einen weiteren Moschusochsen.« Sie wandte sich zum Gehen.

»Könntest du nicht mit hinaus zum Unterstand kommen?«, fragte Peter. »Eigentlich sollte jetzt das vierte Kalb geboren werden, aber die Kuh verhält sich so merkwürdig.«

»Ich komme nach«, antwortete Julie. »Zuerst muss ich in den Hangar, um aus Kapugens Pelzvorrat die Hermeline zu holen. Ich möchte Ellens Baby daraus einen wunderschönen Anorak nähen.«

Peter lächelte und blickte sie über seine dunklen Brillengläser hinweg an.

»Ich liebe dich«, sagte er. »Liebst du mich auch?«

»Peter Sugluk«, sagte Julie. »Als Erstes werde ich die Highschool beenden, dann gehe ich aufs College und mache dort einen Abschluss in *Yupik* und *Iñupik*, und erst wenn ich den habe, denke ich über die Liebe nach.«

»Hat Ellen mit dir gesprochen?«

»Ja, das hat sie.«

»Mit mir hat sie auch gesprochen«, sagte Peter. »Ich habe mich an der Universität von Alaska angemeldet.«

»Du willst auf die Uni gehen?«, fragte Julie und musste lachen. »Du steckst wirklich voller Überraschungen.« Sie stemmte die Hände in die Seiten. »Ich weiß wirklich nicht, was ich von dir halten soll.«

»Das glaube ich dir nicht«, sagte er lachend. Mit beiden Händen umfasste er Julie an der Taille und hob sie ein Stück hoch. Dann drehte er sich zweimal im Kreis und setzte sie so ab, dass sie in Richtung Hangar schaute.

»Jetzt kannst deine Hermeline holen um das Geschenk

für das Baby draus zu machen«, sagte er. »Wir treffen uns dann im Unterstand.«

Einen kurzen Moment lang war Julie ganz schwindelig, aber dann lief sie um die Kirche herum zum Hangar. Von innen spähte sie noch einmal zurück zu Peter, aber der rannte schon hinaus in die Tundra. Sein flatternder, weißer *Attigi* erinnerte Julie an einen Geierfalken, der auf seinen Horst zusegelt.

Ich mag ihn, dachte Julie, aber das ist auch schon alles. Trotzdem schaute sie ihm so lange nach, bis er aus ihrem Blickfeld verschwunden war.

Es war Mitternacht. In einiger Entfernung brummte ein Flugzeugpropeller. Erst wurde er lauter, dann wieder leiser und schließlich erstarb das Geräusch vollkommen. Julie lag auf ihrem *Iglek* und lauschte und wartete. Kapugen und Ellen kehrten vom Arzt aus Barrow zurück. Seit die Mitternachtssonne die Tundra in orangefarbenes Licht getaucht hatte, hatte Julie kein Auge zugemacht, denn an diesem Tag wollte sie ihrem Vater endlich mitteilen, dass Kapu einen Moschusochsen getötet hatte. Der Vorfall lag inzwischen schon beinahe eine Woche zurück. Einerseits hatte Julie große Angst davor, andererseits aber war sie auch wild entschlossen, es endlich zu tun.

Die Erste, die ins Haus trat, war Ellen. Sie schlich auf Zehenspitzen durchs Zimmer, weil sie dachte, Julie würde schlafen. Während sie auf Strümpfen an Julies *Iglek* vorbeihuschte, band sie sich ihre roten Haare zu einem Pferdeschwanz zusammen. Dann nahm sie sich eine Tasse Wasser aus dem Hundert-Liter-Plastikkanister neben dem Kühlschrank und trank einen tiefen Schluck kühles, frisches Flusswasser. Seit die Schneeschmelze vorbei war, konnten die Leute von Kangik ihr Wasser wieder aus dem Avalik holen.

Dann putzte sich Ellen über einer emaillierten Blechschüssel die Zähne und kippte das Wasser in die Küchenspüle. Erst danach verschwand sie im Schlafzimmer.

Julie hörte, wie das Wasser durchs Abflussrohr rauschte und unter dem Haus auf den Boden spritzte. Dieses Geräusch konnte man nur im Sommer hören, denn im Winter gefror das Abwasser zu einem Eiskegel unter dem Haus.

Kapugen öffnete die Türen und trat ins Haus. Julie rutschte auf den Rand ihres *Igleks*.

»Aapa«, flüsterte sie, »Ich muss dir etwas sagen.« Ihre Augen waren fast auf derselben Höhe wie die seinen.

»Soso, meine schöne Miyax«, meinte er augenzwinkernd. »Hast du dich etwa veliebt?«

»Aapa«, sagte Julie, ohne auf seine Andeutung einzugehen, »bitte, ich meine es ernst.«

»Ist ja gut«, sagte er und küsste sie auf die Wange. »Heißt das, dass du heiraten willst?« Er strich ihr eine Haarsträhne aus dem Gesicht.

»Aapa, Aapa.« Julie rutschte von dem *Iglek* herunter und stellte sich vor ihn hin. »Ich möchte, dass du mir ganz ohne Vorbehalte zuhörst.«

Kapugen machte ein erstauntes Gesicht. »Mache ich das denn nicht immer?«

»Die Wölfe haben einen Moschusochsen getötet.«

Das fröhliche Funkeln in Kapugens Augen erlosch auf der Stelle. Er schwieg nachdenklich, dann machte er kehrt und ging zurück in den *Qanitchaq*. Dort zog er seine Fliegerjacke an und griff nach dem Wolfsgewehr.

»Bitte nicht«, bat Julie und lief ihm hinterher. Obwohl es

fast zwei Uhr nachts war, schien draußen hell die Morgensonne.

»Bitte nicht«, wiederholte Julie noch einmal.

»Es muss sein«, erwiderte ihr Vater und schlug den Weg zum Hangar und zu seinem Flugzeug ein. »Wir brauchen die Moschusochsen.«

»Bitte, Kapugen, lieber *Aapa.*« Julie rannte barfuß neben ihm her. »Ich kann die Wölfe von den Moschusochsen fern halten. Erschieß sie nicht. Sie haben mir doch das Leben gerettet.« Sie blieb stehen und wollte ihn festhalten.

»Es muss sein«, wiederholte er hartnäckig, verlangsamte aber seinen Schritt. Julie spürte, wie ihr die Tränen in die Augen stiegen. Sie rannte hinter ihm her, um ihn einzuholen.

»Bitte, *Aapa*, es soll nicht noch einmal passieren. Ich weiß eine Lösung.«

»Vielleicht haben dir ja gar nicht diese Mörderwölfe das Leben gerettet, sondern andere«, meinte Kapugen. Am liebsten hätte er das selbst geglaubt, aber er wusste, dass es nur ein einziges Wolfsrudel zwischen Wainwright und den Bergen gab.

»Es sind dieselben. Bitte erschieß sie nicht«, sagte Julie. »Peter hat das Rudel gesehen. Einer war silbrig und einer grau, und sie hatten einen schwarzen Leitwolf.«

»Deinen schwarzen Leitwolf habe ich doch erschossen.«

»Der jetzige Leitwolf ist sein Sohn. Du hast ihn zwar angeschossen, aber er war nicht schlimm verwundet. Ich habe ihn wieder gesund gepflegt.« Julie zögerte. »Und ich habe ihn nach dir benannt, er heißt Kapu. Er ist ein guter Leitwolf.«

»Wir dürfen das Leben der Moschusochsen nicht aufs Spiel setzen«, sagte Kapugen. »Wir brauchen das Geld für die Leute aus dem Dorf.«

»Atik hat das Walross angebracht, Malek den Wal«, sagte Julie. »Überall im Flussschilf sind Gänseeier versteckt und brütende Enten und außerdem wandern Weißfische und Lachse bereits die Flüsse hinauf.«

»Wir können aber nicht bis in alle Ewigkeit auf die Jagd gehen«, wandte Kapugen ein. »Von Jahr zu Jahr gibt es weniger wilde Tiere auf der Erde und deshalb müssen auch wir hier in der Arktis unsere Lebensweise ändern. Wir brauchen andere Verdienstmöglichkeiten und meiner Meinung nach sind das die Moschusochsen.«

Kapugen war immer langsamer geworden, bis er zum Schluss nur noch zögernd weiterging. Auf seinem Gesicht spiegelte sich eine so große Trauer wider, dass Julie den Anblick fast nicht mehr ertragen konnte.

»Es muss sein«, sagte er noch einmal. »Ich muss die Wölfe töten, die den Moschusochsen gerissen haben.«

»Ich mache mich auf die Suche nach ihnen«, sagte Julie. »Ich weiß eine Lösung. Erinnerst du dich noch, dass du einmal zu den Wölfen gesprochen hast? Als ich draußen in der Tundra war, habe auch ich ihre Sprache gelernt. Ich kann den Wölfen sagen, wo sie die Karibus finden, und sie dann hinschicken, damit sie nach ihnen suchen. Ich bin mir sicher, dass sie mir gehorchen werden.«

Kapugen strich sich mit seinen wettergegerbten Fingern über die Stirn, als würde er nachdenken. Doch dann schien er einen Entschluss gefasst zu haben. Mit weit ausholenden Schritten ging er auf den Hangar zu. Julie lief hinter ihm her.

»Lass es mich doch wenigstens versuchen«, bettelte sie. »Lass mich sehen, ob ich Erfolg habe. Bitte, *Aapa.*«

Kapugen wartete, bis Julie ihn eingeholt hatte, und sagte dann: »In Minnesota stehen Wölfe unter Naturschutz. Niemand darf sie erschießen. Sie streifen durch die Wälder, leben von Rotwild und Elchen und von einem Tier mit Namen Biber. Wenn aber ein Wolf auf Privatgrund eindringt und Rinder reißt, dann erscheint ein Beamter der Umweltbehörde und tötet ihn. Erschossen werden nur die Tiere, die mit dem Menschen in Konkurrenz treten. In Minnesota ist man der Meinung, dass das rechtens ist. Jedenfalls zwischen Menschen und Wölfen.«

»Aber hier doch nicht«, wandte Julie ein. »Wir sind anders. Wir wissen, dass der Wolf zur Erde gehört und dass unser Überleben von ihm abhängt.«

»Das geht aber nicht, wenn wir so wie die Weißen leben.« Kapugen war stehen geblieben. »Heutzutage«, sagte er leise und überlegte sorgfältig jedes einzelne Wort, »leben Eskimos nach den Regeln der Menschen aus Minnesota.«

»Aber die alten Regeln sind trotzdem die besseren«, wandte Julie ein.

»Das habe ich dir beigebracht, nicht wahr?«

»Stimmt, das habe ich von dir, *Aapa.*«

»Aber ich habe mich getäuscht.«

Über der Bucht zogen sich kleine Wölkchen zusammen, während die Sonne weiter auf ihrer endlosen Bahn über die Nordkappe der Erde zog. Julie und ihr Vater registrierten die Wolken, so wie sie auch alle anderen Wolken wahrnahmen.

»Die Sonne scheint«, sagte Julie. »Das bedeutet gutes Reisewetter.«

»Heißt das, du willst wirklich zu den Wölfen aufbrechen?«, fragte Kapugen leise.

»Ja, ich will zu ihnen.«

»Und was hast du vor?«

»Das weiß ich erst, wenn ich mit den Wölfen gesprochen habe.«

»Und wie willst du den ganzen Weg zurücklegen? Für den Hundeschlitten ist es jetzt zu warm.«

»Ich laufe zu Fuß, bis ich sie gefunden habe. Und dann bewege ich mich so wie sie auch.« Julie ging hinunter auf alle Viere und umrundete Kapugen ein paar Mal, wobei sie winselte wie ein Wolf.

»Du hast ja tatsächlich ihre Sprache gelernt«, sagte Kapugen und richtete seine Tochter vorsichtig auf. »Also gut, dann mach dich auf den Weg. Aber ich bin mir sicher, dass deine Anstrengungen umsonst sind, denn Wölfe haben nun mal keinen Sinn für menschlichen Besitz. Sie sehen nur die Beute, die ihnen zusteht, und die holen sie sich. Wölfe sind eben Wölfe.«

»Wölfe verstehen sehr wohl, was eine Grenze ist«, sagte Julie. »Genau wie wir haben sie bestimmte Jagdgebiete, die sie durchstreifen. Unglücklicherweise stehen unsere Moschusochsen auf Kapus Land, und deswegen glaubt er, dass sie ihm gehören.«

Kapugen schulterte sein Gewehr und schob es nach hinten auf den Rücken.

»Es ist sinnlos«, sagte er kopfschüttelnd.

»Heißt das, ich darf es versuchen?«, fragte Julie.

»Ich kann dich nicht dran hindern«, meinte Kapugen und berührte Julies glänzend schwarze Haare so zärtlich wie eine Wölfin, die ihre Welpen umsorgt. »Versuch es meinetwegen.« Dann stellte er sich auf die Zehenspitzen und wippte hin und her. »Aber wenn sie noch einen von meinen Moschusochsen reißen, dann muss ich es so machen wie in Minnesota.«

»Einverstanden«, sagte Julie. »Aber es wird gar nicht so weit kommen.« Dann rieb sie sich die Augen und bedankte sich bei ihrem Vater mit einem tränennassen Lächeln.

Kapugen legte ihr seinen Arm um die Schulter und dann gingen sie hinter ihren langen, purpurroten Schatten her nach Hause.

»Nimm aber dein Zweiundzwanziger mit«, sagte er, als das Haus in Sicht kam. »Ich gebe dir Munition dafür.«

»Ich will sie aber nicht mitnehmen«, sagte Julie. Sie musste an die Schüsse denken, die Amaroq getötet hatten. Außerdem wusste sie, dass ihre Wölfe Angst vor Gewehren hatten.

»Dort draußen gibt es Grislis«, gab Kapugen zu bedenken. »Du kannst sie verjagen, indem du in die Luft schließt.«

Julie nickte. »Du hast Recht. Ich nehme das Gewehr doch mit«, sagte sie und dachte dabei an den Grisli, der sie einmal nachts in der Tundra angegriffen hatte. Wären damals Amaroq und sein Rudel nicht gewesen, würde sie heute nicht mehr leben.

Den Rest des Weges schwieg Kapugen, bis er seine Hand auf den Türknauf des *Qanitchaq* legte.

»Ich werde dir entgegengehen«, sagte er. »Mein Leithund CB wird deine Spur aufnehmen und mich zu dir führen. Er ist ein wirklich guter Spürhund. Er kann einen Seehund aus sechs Kilometer Entfernung riechen.«

»Gib mir zwei Wochen«, bat Julie. »Bis dahin müsste ich sie gefunden haben.«

Kapugen nickte. Er verstand. In der Arktis brauchte man Geduld.

In den kommenden Stunden suchte Julie die Vorräte für ihre Reise zusammen. Sie packte Essen ein, ihr *Ulu*-Messer, Waltran und Wäsche zum Wechseln. Während der Vorbereitungen summte sie vor sich hin. Sie freute sich darauf, frei wie ein Vogel durch die offene Tundra zu streifen. Diesmal würde sie keine Angst vor dem Verhungern haben müssen.

Als sie alles gepackt hatte, ging sie ins Freie hinaus und befestigte die weißen Hermelinpelzchen auf einem Holzbrett. Dann setzte sie sich hin, schnitt sie mit ihrem Frauenmesser *Ulu* sorgfältig in schmale Streifen und nähte diese zu einem einzigen wunderschönen Fell zusammen, bei dem die glänzenden Haare alle in einer Richtung lagen. Julie hob den Pelz hoch und hielt die Nase hinein – der Anorak würde bestimmt sehr schön werden.

Sie legte sich den Pelz um die Schultern und lief zu Ellens Spiegel über der Spüle. Der schneeweiße Pelz hob ihren dunklen Teint hervor und ließ ihre weiche Haut förmlich glühen und ihre schwarzen Augen noch intensiver strahlen. Julie trug den Pelz zu ihrem *Iglek* hinüber und steckte ihn unter das Grisli-Fell. Sie würde den Anorak zu Ende nähen, wenn das Baby auf der Welt war. Das würde dem Kind Glück bringen. Dann legte sich Julie auf das *Iglek* und schlief ein.

Ein paar Stunden später marschierte sie mit ihrem Rucksack los. Sie hatte die Wolken richtig gedeutet, die Luft war klar und der Himmel wolkenlos. Der Horizont schimmerte hell. Dieser Tag des drei Monate andauernden Sommers würde schön werden. Julie ging zum Weg am Fluss hinunter. Dort holte sie das Totem von Amaroq aus ihrer Tasche und drückte es sich gegen die Wange. Dann begann sie ihre Reise.

Als Julie zum Pferch kam, sah sie Peter und rief nach ihm. Er winkte und rannte herbei, um sie zu begrüßen. Dabei lächelte er sie aus vollem Herzen an und Julie spürte, dass er sich darüber freute, sie zu sehen.

»Das Kalb ist wohlbehalten zur Welt gekommen«, rief er. »Noch ein Mädchen.«

Julie lächelte und schwieg. Ihr ging immer nur ein Gedanke durch den Kopf.

»Sag mal, Peter Sugluk«, fragte sie, »wo genau hast du die Wölfe das letzte Mal gesehen?«

Peter schilderte eine bestimmte Flussbiegung mit einem langen, weißen Steinstrand. »Dort sind sie entlanggelaufen.«

»Kannst du dich erinnern, ob dort auch Blumen gewachsen sind?«, fragte Julie.

»*Ee-lie*, wenn ich es recht bedenke, dann schon. Warum fragst du?«

»Silberpelz mag es, wenn um die Wolfshöhle herum Blumen wachsen. Es kann also sein, dass die Wölfe irgendwo hausen, wo es auch Blumen gibt. Weißt du noch, ob das Ufer relativ hoch war?«

»Ich glaube schon.«

»Sie mögen Höhlen, die hoch liegen, weil sie dann einen guten Ausblick über die ganze Gegend haben.«

Peter verschränkte die Arme vor der Brust und neigte den Kopf. Er blinzelte und in seinen Augen lag Anerkennung für ihr Wissen. Plötzlich veränderte sich sein Gesichtsausdruck jedoch.

»Und wie hat Kapugen reagiert?«, fragte er besorgt.

»Er meint, ich kann es versuchen«, antwortete Julie. »Eine Chance gibt er mir jedenfalls. Aber wenn die Wölfe nochmals einen Moschusochsen töten, dann muss er sie erschießen.«

»Und was hast du vor?«, wollte Peter wissen.

»Ich bringe die Wölfe zu den Karibus, ganz egal, wo das ist«, erklärte Julie.

»Und wie willst du das machen?«, fragte Peter zweifelnd.

»Mit Wolfsverstand.«

Darauf musste Peter grinsen und griff in eine Tasche seines *Attigi*-Anoraks. »Nimm das hier mit«, sagte er und gab ihr einen kleinen, aus einem Walrossstoßzahn geschnitzten Gegenstand, der an einer Schnur befestigt war.

»Das ist aber schön«, sagte Julie bewundernd. »Was ist das?«

»Das ist eine Polar-Backenhörnchen-Pfeife. Ich habe sie selbst gemacht. Sie soll dich erheitern, wenn dich der Mut verlassen hat.«

Julie drehte die Pfeife in der Hand hin und her und hängte sie sich schließlich um den Hals.

»Eine Polar-Backenhörnchen-Pfeife«, wiederholte Julie. Sie hob den Kopf und warf Peter einen lachenden Blick zu. »Ich werde an dich denken, wenn ich hineinblase.«

»Genau dazu ist sie auch gedacht«, sagte er. »Sie soll dich an mich erinnern.« Er verschränkte wieder die Arme. »Und ich bin ganz sicher, dass du an mich denkst, wenn du hineinbläst«, beteuerte er und gluckste.

»Vermutlich kann ich gar nichts dagegen tun«, sagte Julie lächelnd. »Das ist vielleicht ein verrücktes Geschenk. Eine Polar-Backenhörnchen-Pfeife.«

Peter lachte und seine weißen Zähne boten einen hellen Kontrast zu seiner bronzefarbenen Haut. Die Hermelinschwänze an seinen Stiefeln tanzten hin und her.

»Wenn Malek mich nicht brauchen würde«, sagte er endlich, »dann würde ich dich begleiten.«

»Ich muss allein gehen«, entgegnete Julie. »Schließlich sind die Wölfe meine Freunde.«

Julie blickte in die Tundra hinaus, dann ging sie los und schlug dabei die Richtung ein, in der Peter die Wölfe gesehen hatte.

Auf ihrem Weg hinauf zur Quelle des Avalik hüpfte sie leichtfüßig über kleine Schneereste, die noch vom Winter übrig waren. Manchmal kam es ihr so vor, als berühre sie kaum den Boden. Sie wich den Mohnblumen aus, die am Ufer wuchsen, und winkte den Schneeammern zu, die aus den blühenden Wiesen aufflatterten.

Einen Tagesmarsch hinter dem Duck-Camp begegnete Julie einem Wiesel, das auf seinen Hinterpfoten stand und sich die Vorderpfoten vor die Brust hielt. Es hatte sein weißes Winterfell abgelegt und war jetzt goldbraun, sodass es in der sommerlichen Tundra weniger auffiel. Das Wiesel stand frech mitten auf dem Weg und Julie stampfte mit dem Fuß auf. Aber anstatt wegzulaufen, zeigte das Tier seine scharfen Zähne und stieß einen lauten Pfiff aus. Julie ging noch näher auf das Wiesel zu. Einen halben Meter vor ihm machte sie Halt.

»Ich bin ein Mensch«, sagte sie. »Warum hast du keine Angst vor mir? Hast du noch nie in deinem Leben ein menschliches Wesen gesehen?« Sie hob die Arme und schwenkte sie von einer Seite zu anderen. »Siehst du jetzt, wie groß ich bin?«

Doch das Wiesel zuckte nur mit seinem Schnurrbart und rührte sich nicht von der Stelle.

»Hab gefälligst Angst vor zweibeinigen Tieren«, herrschte Julie das Wiesel an. »Im Winter erschießen wir kleine Wiesel und verarbeiten ihr Fell zu wunderschönen Hermelinanoraks.«

Das Wiesel mit den hellen Augen und dem spitzen Gesicht blieb tapfer stehen. Beeindruckt warf Julie ihm eine Kusshand zu und ging weiter.

Am nächsten Tag kam sie an einer Schneeeule vorbei, die in ihrem Nest saß. Der große, weiße Vogel reagierte genauso wie das Wiesel und zeigte keinerlei Angst vor ihr. Die Eule ließ Julie sogar ganz nah an ihre flaumigen Jungen herankommen, bevor sie aufstand und das Gefieder spreizte.

Julie dachte über das nach, was sie sah. Die Tiere sprachen mit ihr. Sowohl die Eule als auch das Wiesel teilten ihr mit, dass sie keine Angst vor Menschen hatten, weil sie kaum welche zu Gesicht bekamen. Die Tiere sagten Julie, dass sie sich in der Wildnis befand, in der es keine Menschen gab. In einer solchen Umgebung ziehen arktische Wölfe ihre Jungen groß, das wusste sie.

Aus dem Gras flatterte ein Polarbirkenzeisig mit Tierhaaren im Schnabel hoch in die Luft. Julie wirbelte herum. Das waren Wolfshaare gewesen. Sie untersuchte den Boden. Im Gras erkannte sie die Abdrücke von weichen, gepolsterten Pfoten – nicht von harten Hufen. Julie folgte der kaum wahrnehmbaren Spur und entdeckte eine Mulde, in der ganz offensichtlich ein Wolf geschlafen hatte. In der Mulde lagen noch mehr schwarze Wolfshaare. Kapu war hier gewesen. Julie folgte seiner Spur. Mit einem Mal wurde sie ganz aufgeregt.

Sie beugte sich tief hinunter, untersuchte jeden einzelnen umgeknickten Grashalm und verfolgte so Kapus Spur von der Schlafmulde bis zu einer Biegung des Flusses. Dort lag auf einmal der weiße, steinige Strand vor ihr, von dem Peter gesprochen hatte, doch auf dem Kies konnte Julie keine Fußspuren mehr erkennen. Langsam ging sie flussaufwärts. Plötzlich entdeckte sie zwei Wolfsfährten im Schlamm, dann drei und schließlich viele Abdrücke wild durcheinander, als hätten hier Wölfe miteinander gespielt. Als Julie eine weitere Biegung umrundete, tauchte eine hohe Sandbank vor ihr auf. Julie betrachtete sie genau und entdeckte einen dunklen Fleck. Das war der Eingang zu einer Höhle. Genau darüber wogten gelbe Mohnblumen im Wind.

»Das muss sie sein«, sagte sich Julie. Sie legte ihren Rucksack an einer Stelle ab, von der aus sie die Höhle gut im Blick hatte, und setzte sich daneben. Ein paar Stunden lang verharrte sie völlig bewegungslos und drehte nicht einmal den Kopf.

In der Höhle tat sich nichts, doch drum herum war alles in Bewegung: Kleine Tundravögel fütterten ihre Jungen, Spornammern, einfache Ammern, Birkenzeisige und Flussuferläufer flatterten auf und kehrten nach kurzem Flug wieder zum Flussufer zurück. Julie blieb weiter ganz still sitzen. Ihr Plan funktionierte. Das hier war eine Welpenhöhle, also etwas ganz anderes als die sommerliche Kinderstube mit den beiden Ausgängen, bei der sie Amaroq und seiner Familie zum ersten Mal begegnet war. Kapus Nachwuchs musste noch sehr jung sein und das kam Julie entgegen.

Ganz langsam und vorsichtig baute Julie ihr Zelt auf. Es war aus dem Fell des Karibus gemacht, das Amaroq vor vielen Monaten für sie gerissen hatte. Dann breitete sie ihre Schlafunterlage aus, legte sich darauf und wartete auf die Wölfe.

Viele Stunden später hörte Julie einen zittrigen Schrei, gefolgt von einem wehmütigen Winseln. Das war Kapu. Julies Herz klopfte schneller. Rasch kam er am Flussufer daher, seine großen Pfoten und die langen Beine waren vom Wasser durchnässt und sein dunkler Körper hob sich vom hellen, sandigen Ufer ab. Weder hatte er Julies Witterung aufgenommen noch konnte er sie sehen. Er hatte nur eines im Sinn – die Höhle. Mit hoch erhobenem Kopf und Schwanz und einem Wolfslächeln im Gesicht lief er direkt darauf zu und sein Fell glänzte in der Sonne. Er war ein prächtiges Tier.

Zehn Meter vor der Höhle begann er mit dem Schwanz zu wedeln und hörte erst dann damit auf, als er den Eingang erreicht hatte. Dann begann er einschmeichelnd zu winseln, bis ein weißer Wolf aus der Höhle herauskam. Julie sah sofort, dass das nicht Kapus Mutter Silberpelz war. Sie kannte Silberpelz genauso gut, wie sie Kapugen und Ellen kannte. Was war mit Silberpelz passiert? War sie gestorben, weil sie im Winter und im Frühjahr nichts zu fressen bekommen hatte?

Doch bevor Julie noch länger darüber nachdenken konnte, steckte ein wuscheliger junger Wolf seine Nase aus der Höhle, winselte seinen Vater an und sprang tolpatschig auf ihn zu. Es war ein Weibchen und genauso schwarz wie Kapu, hatte eine kurze, stumpfe Nase, große Pfoten und einen rundlichen Körper. Am liebsten wäre Julie hinübergelaufen und hätte es an ihre Brust gedrückt.

Die Wölfin begrüßte Kapu, indem sie ihm die Wange leckte; dann stupste sie das Junge wieder in die Höhle zurück. In ihren Gedanken hatte Julie bereits einen Namen für den weißen Wolf: *Aaka* – Mutter. Und das Junge nannte sie Amy, nach ihrer Brieffreundin aus San Francisco. Damals, als sie sich in der Tundra verirrt hatte und zufällig Amaroq und seiner Meute begegnet war, hatte sie eigentlich ihre Brieffreundin besuchen wollen.

»Amy«, flüsterte Julie vor sich hin, während sie dem staksigen Welpen nachsah. Wenn sie wieder zu Hause war, würde sie ihrer Freundin schreiben und ihr mitteilen, dass sie einen kleinen Wolf nach ihr benannt hatte. Jedenfalls hatte Amy jetzt eine Namensschwester, eine *AatiQ*. Das würde ihr sicherlich gefallen.

Kapu hob den Kopf und blickte über die Höhle hinweg. Dann ließ er eine Art Bellen los, so als wollte er sagen: ›Ja, wer kommt uns denn da ins Haus geschneit?‹

Julie drehte ihren Kopf ein wenig und sah, dass ein dritter erwachsener Wolf auf die Höhle zukam. Mit einem Blick erkannte sie in ihm Kapus Bruder Zing, der ein Polar-Backenhörnchen im Maul schleppte. Zing machte einen Satz über die Mohnblumen hinweg, ließ die Beute direkt vor der Höhle fallen und brachte sie auf diese Weise Amy zum Geschenk. Den ganzen Sommer lang würde Amy anhand solcher Geschenke aus der Tundra lernen, ihre Fähigkeiten zu entwickeln.

Aus Zings Geschenk konnte Julie eine Menge über die Situation in ihrer alte Meute ableiten. Entweder war Silberpelz gestorben, oder Kapu hatte sie verlassen, um sich eine andere Wölfin zu suchen. Dabei hatte er seinen guten Freund und starken Bruder Zing mitgenommen. Wölfe brauchen Gefährten, denn allein kann keiner ein größeres Stück Wild reißen. Irgendwo in der unfruchtbaren Tundra hatten die beiden Brüder dann Aaka getroffen und sie aufgefordert bei ihnen zu bleiben. Julie konnte sich gut vorstellen, wie die beiden männlichen Wölfe um sie gekämpft hatten. Doch vermutlich hatte dieser Kampf nicht allzu lange gedauert, denn Kapu war größer und intelligenter als Zing. Wahrscheinlich hatte er ihm seine Reißzähne gezeigt und vielleicht sogar nach Zings Hals geschnappt. Und Zing hatte sich vor Kapu auf den Boden geworfen, ihm seinen weißen Bauchpelz zugewandt und damit seine Unterwerfung signalisiert. Nachdem er so seine Niederlage offenkundig gemacht hatte, war er bestimmt aufgestanden und hatte Kapu das Gesicht geleckt. Anschließend hatten sich die beiden wieder vertragen.

Dann hatten Aaka und Kapu sich gepaart, hatten zusammen mit Zing ein funkionierendes Rudel gebildet und ihr zweihundert Quadratkilometer großes Territorium auf der Suche nach Futter abgesucht. Wegen des beschädigten Zauns war Kapugens Moschusochse eine leichte Beute für sie gewesen.

Kurz bevor es an der Zeit für Nachwuchs war, hatten die drei erwachsenen Wölfe dann eine Höhle in die Sandbank gegraben. Vermutlich war sie eher flach geraten, denn im steinharten Dauerfrostboden der Arktis brauchten Wölfe oft viele Jahre, um sich eine wirklich tiefe Höhle zu graben.

Julie fragte sich, wie viele Welpen wohl noch in der Höhle waren. Wenn Wölfe nicht viel zu fressen finden, dann bringen sie weniger Nachkommen zur Welt und in wirklichen Hungerszeiten gibt es manchmal überhaupt keine jungen Wölfe. Julie hatte den Eindruck, dass es in diesem Jahr nicht sehr viele sein dürften, und bald zeigte sich, dass sie Recht hatte. Denn als Aaka aus der Höhle herauskletterte, um sich zu strecken und mit ein paar raschen Sprüngen wieder munter zu werden, konnte Julie die ganze Höhle einsehen. Es gab nur einen Welpen. Die Wölfe hatten unter dem harten Winter ebenso zu leiden gehabt wie die Bewohner von Kangik.

Zing näherte sich Aaka, doch Kapu hatte etwas dagegen. Er baute sich mit erhobenem Kopf und gebleckten Reißzähnen über seinem Bruder auf und erinnerte ihn auf dezente Weise daran, dass Aaka zu ihm gehörte. ›Halt dich zurück‹, hieß das, und Zing ließ Ohren und Schwanz wieder sinken und lief davon.

Plötzlich drehte der Wind und Kapu hielt seine Nase in Richtung Flussbett. Herausfordernd hob er den Kopf schräg nach oben und schnüffelte noch einmal. Dann spitzte er die Ohren. Er hatte Julies Geruch erkannt. Julie bewegte sich, damit er sie sehen konnte. Einen Augenblick lang starrte er sie an, dann wedelte er wild mit dem Schwanz, verzog die Lippen zu einem breiten Lachen und schlug mit beiden Vorderpfoten auf den Boden.

»Kapu«, rief Julie, »du kennst mich noch!« Mit geöffnetem Mund winselte sie laut, um ihm zu zeigen, wie froh sie darüber war, dass er sie nicht vergessen hatte.

Kapu machte ein paar Sätze auf sie zu, bremste dann aber abrupt ab und gab mit in den Nacken gelegtem Kopf ein melodiöses Heulen von sich. Es begann als tiefes, bärenartiges Brummen und steigerte sich zu einem hochtönenden Geheul, das wie das Jammern des Windes klang. Damit zeigte er den anderen an, dass ein Mitglied der Meute hier war. Julie stimmte in sein Geheul mit ein. Daraufhin entdeckte auch Zing Julie, schob seine schwarzen Lippen zurück, entblößte einen Eckzahn und knurrte.

»Zing, ich bins doch«, sagte Julie und winselte ihm ihre Liebe zu. Zing wedelte mit dem Schwanz. Dann kam er zu ihr herüber, blickte ihr direkt in die Augen und gab ihr zu verstehen, dass sie ihm vertraut und willkommen sei.

Kapu war ganz aus dem Häuschen. Er spurtete wie ein Seeadler den Strand hinunter und wieder zurück zu Julie. Sie warf ihm einen ihrer Fäustlinge zu, den er auffing, in die Luft schleuderte und erneut fing. Dann rannte er mehrmals im Kreis herum und ließ den Handschuh schließlich fallen. Julie lachte und hob ihn wieder auf. Kapu hatte seine Vorliebe für Späße nicht verloren, auch wenn er inzwischen stolzer Vater und der Anführer des Rudels geworden war.

Zing umrundete Julie ein paar Mal und legte sich dann dicht neben sie. Anschließend drehte er den Kopf, schloss halb die Augen und zeigte ihr auf diese Weise, wie wohl er sich fühlte, weil seine merkwürdige Schwester wieder zurück war. Kapu ließ sich vor Julie auf den Bauch nieder und legte seine Vorderpfoten über Kreuz. Er starrte noch immer den Handschuh an. Als Julie ihn versteckte, hob Kapu den Kopf und spitzte die Ohren. Er wollte unbedingt den Handschuh haben und erhob sich, stellte sich über Julie und versuchte, sie zu beeindrucken. Julie lachte und warf ihm den Handschuh zu.

Andere erwachsene Wölfe oder Welpen tauchten nicht auf, und außer Kapu und Zing ging keiner auf die Jagd. Aaka musste auf ihr Junges aufpassen. So reimte sich Julie die Geschichte jedenfalls zusammen. Die restlichen Wölfe der ursprünglichen Meute hatten sich entweder einem anderen Rudel angschlossen oder so wie Kapu ihre eigene Familie gegründet. Vielleicht waren sie ja auch gestorben – Wölfe leben gefährlich.

Zweimal wanderte die Sonne über den Himmel und mit jedem Tag rutschte Julie ein Stückchen näher an die Höhle heran. Kapu und Zing erhoben keine Einwände, aber Aaka war damit überhaupt nicht einverstanden. Mit jedem Zentimeter, den Julie näher kam, wurde die Fähe unruhiger. Sie knurrte und bleckte die Zähne, und als Julie ihr einen Handschuh zuwarf, machte die Wölfin überhaupt keine Anstalten, mit ihr zu spielen. Aaka war leider ein Problem; und das, wo sie in Julies Plan doch die wichtigste Rolle spielte. Wenn Julie ihren Wölfen helfen wollte, musste sie Aakas Vertrauen gewinnen.

Dazu war Geduld nötig. Julie zog sich wieder ein paar Meter von der Höhle zurück und aß, schlief und wartete. Am fünften Morgen grub sich Kapu eine Schlafmulde knapp anderthalb Meter neben Julies Zelt. Bevor er sich hineinlegte, umkreiste er Julie etliche Male.

Aaka beobachtete das vom Höhleneingang aus. Nachdem viel Zeit verstrichen war, kam sie den Hügel herunter auf Kapu zu. Sie legte sich neben ihn, bettete ihren Kopf auf seinen Rücken und blickte mit ihren kühlen, gelbbraunen Augen in den Fluss. Irgendwann zuckten ihre Ohren und sie warf Julie einen Blick zu. Julie erwiderte den Blick. Aber Aaka schaute wieder weg. Auch Julie drehte ihren Kopf, beobachtete die Fähe aber weiterhin aus den Augenwinkeln. Ganz langsam und bedächtig drehte Aaka erneut den Kopf und schaute Julie direkt in die Augen. Diesmal wich sie nicht aus. Julies Herz machte einen Freudensprung. Denn mit diesem Blick signalisierte die Wolfsmutter, dass das Mädchen von nun an in die Meute aufgenommen war. Jetzt würde alles gut werden.

Von diesem Moment an hörte Aaka auf, Julie anzuknurren, und nachdem sie das nächste Mal geschlafen hatte, stellte Julie ihr Zelt an den Eingang der Höhle. Aaka hatte sich zwar jetzt mit Julie angefreundet, doch Amy durfte noch nicht herauskommen, um mit ihr zu spielen. Daraus ergab sich das nächste Problem. Julie war nicht nur auf Aakas Freundschaft angewiesen, sondern auch auf die von Amy.

Währenddessen waren Kapu und Zing oft stundenlang auf der Jagd nach Polar-Backenhörnchen, Schneehasen, Füchsen und Schneehühnern – was sie eben erwischen konnten. Einmal waren die beiden so lang unterwegs, dass Julie schon Angst bekam, sie wären noch einmal zu dem Pferch zurückgekehrt und hätten einen weiteren Moschusochsen getötet. Sie war sehr erleichtert, als die Wölfe dann mit einem Schneehasen für Aaka zurückkamen.

Tief in der nächsten taghellen Nacht wachte Julie von dem lautstarken Gewinsel und Geknurre der Wölfe auf. Kapu hatte den Kadaver eines Kalbs vor die Höhle geschleppt, und jetzt kommentierten die erwachsenen Wölfe diese Beute auf ihre geheimnisvolle Art und Weise. Der Kadaver war schon so alt und lädiert, dass Julie nicht mehr erkennen konnte, was für ein Tier es gewesen war. Ihrem Gefühl nach hätte es ein Karibu-Kalb gewesen sein können.

Julie war aufgeregt. Wenn es hier in der Nähe ein kleines Karibu gab, dann konnte die Herde nicht allzu weit entfernt sein. Und als die sonnenhelle Nacht vorangeschritten war und die Wölfe den Kadaver in Ruhe ließen, untersuchte Julie ihn sorgfältig und fand am Hals des Tiers ein Band mit einem kleinen Sender wie den, von dem Atik ihrem Vater erzählt hatte.

Nachdem Julie den Sender abgenommen und im Fluss gesäubert hatte, konnte sie dessen Aufschrift entziffern: *Bitte zurück an das Ministerium für Jagd- und Fischereiwesen, Fairbanks, Alaska.* Julie steckte den Sender ein, weil sie der Bitte nachkommen wollte.

Noch ein Tag verging, an dem es Julie nicht gelang, Amy ein wenig näher zu kommen. Auch wenn die Wolfsmutter inzwischen zu Julie Vertrauen gefasst hatte, so hielt sie ihr Junges doch immer noch vor ihr versteckt. Julie überlegte, was wohl der Grund dafür sein könnte, und dann fiel ihr wieder ein, dass Wölfe nicht dachten wie die Menschen. Sie verließen sich auf Gerüche und Geräusche und Instinkt. Dadurch waren sie entweder vollkommen unbeteiligt kalt oder, wenn sie wollten, feinfühlig, dass sie die leiseste Gefahr sofort spüren konnten. Julie vermutete, dass Aaka aufmerksam gewesen war und ihr Vorhaben am Gesicht oder den Augen abgelesen hatte – und dass sie den Plan missbilligte.

Julie überlegte, wie sie sich mit Amy anfreunden konnte. Für ihren nächsten Schritt war es unablässig, dass das Wolfsjunge Vertrauen zu ihr hatte. Während Julie noch überlegte, wie sie das Vertrauen herstellen könnte, setzte sich Aaka direkt neben sie. Als Julie sie freundlich anwinselte, winselte Aaka zurück, dann drehte sie den Kopf zur Seite und blickte zurück zur Höhle. Amy saß im Freien zwischen den Mohnblumen. Julie winselte. Der junge Wolf stand auf und kam zu ihr hergelaufen. Dann schnappte er nach Julies Schnürsenkel und zerrte daran, knurrte grimmig und wedelte aufgeregt mit dem Schwanz. Dann schaute Amy Julie an und patschte mit ihren Vorderpfoten auf den Boden, als wollte sie mit ihr spielen. Julie hätte das Junge zu gern hochgehoben, aber Aakas Blick signalisierte ihr, dass die Zeit dafür noch nicht reif war.

Amy bellte und Julie bellte zurück. Sie hielt ihr einen Knochen von dem Karibukadaver hin. Amy schnappte mit ihren kleinen Zähnchen danach und zog daran. Dabei knurrte sie voller Freude, zerrte noch stärker und ließ dann urplötzlich los. Julie, völlig überrumpelt, verlor das Gleichgewicht und fiel um. Nachdem sie noch einmal auf diese Weise Tauziehen und dann auch noch »Hol-den-Knochen« gespielt hatten, erhob sich Aaka und brachte Amy in die Höhle zurück. Julie wusste, dass sie eine große Hürde genommen hatte. Sie schloss die Augen und atmete voller Erleichterung tief durch. Es tat sich etwas.

Als Kapu und Zing am nächsten Tag auf die Jagd gingen, führte Aaka Amy wieder zu Julie. Julie nahm den Knochen hoch und schwang ihn vor Amy hin und her, bis diese ihn packte und schüttelte. Nun zerrten sie beide an dem Knochen und jagten sich ihn einander wieder ab, während Aaka wegging und sich in der Sonne ausstreckte. Dann schloss die Fähe ihre Augen und deutete damit an, dass sie Julie vollkommen vertraute.

»Darf ich dich mal streicheln?«, fragte Julie Amy flüsternd. Das Wolfsjunge drehte ihr neugierig den Kopf entgegen, und Julie streckte vorsichtig ihre Hand aus und vergrub die Finger in Amys weichem Fell. Sie kraulte das Wolfsjunge am Kopf und an den spitz zulaufenden Ohren. Als Amy die

Augen schloss, zog Julie ihre Hand wieder zurück. Doch sofort stupste Amy an Julies Hand, um anzudeuten, dass sie noch mehr gekrault werden wollte. Julie streichelte sie ein zweites Mal, dann hielt sie ihr wieder den Knochen hin. Amy schnappte danach, zog, so fest sie konnte, und ließ wieder los. Erneut kippte Julie nach hinten und diesmal sprang das Wolfsjunge auf sie drauf. Amy quiekte und Julie lachte und beide balgten sich auf dem kiesigen Strand. Aaka hob nicht einmal den Kopf.

Nach einer Weile stand die Wolfsmutter auf, schüttelte und dehnte sich und gähnte. Dann wedelte sie mit dem Schwanz, ohne sich umzudrehen, und lief davon.

Wie ein aus dem Käfig freigelassener Vogel tollte Aaka über die Tundra. Ein Weile rannte sie immer nur im Kreis herum, dann jagte sie schwebende Wollgrassamen und schließlich verschwand sie sogar ganz hinter der Flussbiegung. Julie stand auf und ihr Herz begann hoffnungsvoll zu klopfen. Sie sah, wie Aaka hinaus in die Tundra rannte, um die Spur von Kapu und Zing aufzunehmen, und wusste, dass sie gewonnen hatte. Jetzt vertraute Aaka ihr als Babysitterin.

Nachdem Amy eine Zeit lang mit dem Knochen gespielt hatte, kroch sie Julie auf den Schoß. Sie winselte und Julie sang ihr etwas vor, bis das Wolfskind tief aufseufzte und einschlief. Julie hob sie hoch und trug sie in die Höhle zurück.

Während ihr Baby schlief, holte sich Julie ihr Zweiundzwanziger aus dem Zelt und marschierte hinaus in die Tundra. Sie musste eine ganze Weile laufen, dann fand sie ein Schneehuhn und erlegte es. Auch das gehörte zu ihrem Plan.

Als Julie wieder zur Höhle zurückkam, war Amy bereits wach. Sie schnupperte an Julies Vogel herum und schüttelte ihn hin und her. Dann ließ sie ihn fallen und sah Julie an, als wollte sie fragen, was sie damit jetzt machen solle. Julie rupfte das Schneehuhn und schnitt Amy einen Bissen davon ab. Amy leckte daran, packte ihn mit ihren scharfen Zähnen und schlang ihn hinunter. Dann zerlegte sie den Vogel mit Krallen und Zähnen und verschlang ihn fast vollständig.

Einen Flügel hob sich der Wolfswelpe als Spielzeug auf und warf ihn Julie ins Gesicht. Als Julie danach greifen wollte, zog Amy ihr den Flügel wieder weg und rannte damit immer im Kreis herum. Julie trickste sie aus, indem sie sie mit dem Knochen des Karibukalbs ablenkte. Um an den Knochen zu kommen, ließ Amy den Flügel fallen, und Julie konnte ihn sich schnappen. Amy war sauer und wollte nicht mehr spielen. Es half auch nichts, dass Julie ihr den Flügel wiedergab. Erst als irgendwann die Jäger zurückkamen, hörte Amy damit auf, die beleidigte Leberwurst zu spielen.

»Das hat dir nicht gefallen, nicht wahr, Amy?«, fragte Julie das Wolfskind. »Du magst es nicht, wenn du ausgetrickst wirst. Es tut mir Leid.« Um ihren Worten Nachdruck zu verleihen, bot Julie ihr ein Stück getrocknetes Karibufleisch an. Doch Amy schaute geradewegs durch sie hindurch, als wäre gar kein Fleisch da. Sie wirkte so, als würde sie Julie überhaupt nicht sehen. Wo ist wohl die Seele eines Wolfs in so einem Augenblick?, fragte sich Julie. Weit draußen in der Tundra? Auf der anderen Seite des Flusses? Julie fand keine Antwort auf diese Frage.

Am nächsten Tag wollte Amy wieder spielen. Was am Tag davor in ihrer Wolfsseele auch immer passiert sein mochte, war heute nicht mehr da. Amy drehte den erwachsenen Wölfe den Rücken zu, sprang zu Julie hinüber, kaute an deren Schnürsenkel und wollte gekrault und gestreichelt werden. Als beide sich so vertraut wie Geschwister waren, nahm Julie Amy vorsichtig hoch. Das Wolfsjunge schmiegte sich an sie an. Julie sah sich nach Aaka um, doch die lag völlig teilnahmslos auf der Seite. Außer sich vor Freude trug Julie Amy zum Fluss hinunter. Kapu und Zing wachten auf, streckten die Glieder, gähnten und schüttelten sich. Nachdem sie einmal kurz aufgeheult hatten, gingen sie wieder auf die Jagd. Aaka begleitete sie und ließ Amy bei Julie zurück. Julie war nun ein vollwertiges Mitglied der Meute.

Als die drei erwachsenen Wölfe wieder heimkamen, hatten sie kugelrunde, vollgefressene Bäuche und wollten nur noch schlafen. Stunden später wachten sie wieder auf und Kapu begann wie jeden Tag mit seinem Führungsritual. Zuerst stellte er sich über Zing, der den Kopf senkte und Kapu die Wangen leckte. Dann schnappte Kapu nach Zings Schnauze und schüttelte sie sacht hin und her. Als dann Aaka mit hängenden Ohren und gesenktem Kopf auf Kapu zukam, legte er seinen Kopf auf den ihren. Die Wölfin leckte ihn unter dem Kinn und am Hals und bestätigte ihn so in seiner Führungsrolle. Wie jeder Leitwolf brauchte auch Kapu viel Bestätigung von den anderen. Nach der Zeremonie kletterte er auf den höchsten Punkt der Flussböschung, stemmte seine Beine auf den Boden und stimmte einen Wolfsgesang an. In diesen Gesang fielen Zing und Aaka mit ein und Amy jaulte dazu. Dieses Lied dauerte eine ganze Weile. Während des Konzerts verstummte das Zwitschern der Vögel und die Polar-Backenhörnchen verzogen sich in ihre weit verzweigten Tunnelsysteme und Höhlen. Nach dem Gesang ging Zing jedes Mal zu Aaka hinüber und packte ihre Schnauze, um ihr zu verdeutlichen, dass er ranghöher als sie war. Und jedes Mal verbesserte ihn Aaka aufs Neue.

Eines Abends, als sich die Jäger gerade auf den Weg gemacht hatten, packte Julie Amy in ihren Rucksack und nahm sie mit auf die Vogeljagd. Das Wolfsjunge versuchte nicht, aus dem Rucksack herauszuklettern, sondern blickte interessiert umher und freute sich ganz offensichtlich über sein luftiges Plätzchen. Julie lief eine ganze Weile herum, ohne auf Beute zu stoßen, und erst als sie sich bereits wieder auf den Heimweg gemacht hatte, sah sie ein Polar-Backenhörnchen in einem Eingang seines unterirdischen Labyrinths verschwinden.

»Peter«, sagte Julie, »ich denke an dich.« Dann zog sie die Pfeife unter ihrem Hemd hervor und blies hinein.

Iiiik-zirp. Zwei Polar-Backenhörnchen streckten ihre Köpfe aus dem Erdloch. Julie blies noch einmal. Daraufhin tauchten noch drei weitere auf. Je öfter sie blies, desto mehr der kleinen Tierchen kamen aus dem Bau heraus. Amy jaulte und Julie ließ den Welpen auf die Erde. Dann blies sie wieder, woraufhin noch ein Köpfchen auftauchte. Amy machte einen Satz nach vorn, und in Windeseile waren alle Backenhörnchen wieder verschwunden.

»Das ist ja ein wunderbares Geschenk, Peter«, sagte Julie und lachte laut auf. »Und ich kann es so gut brauchen.«

Als Kapu, Aaka und Zing diesmal mit leeren Mägen nach Hause zurückkehrten, brachte Julie sie zu der Stelle, an der sie die vielen Backenhörnchen gesehen hatte, und blies in ihre Pfeife. Tatsächlich tauchten wieder einige Tiere auf. Die Wölfe wedelten vor Freude mit dem Schwanz und stürzten sich auf die kleinen Nagetiere.

»*Ee-lie*, Kapu«, sagte Julie zu dem Leitwolf, als der sich satt gefressen hatte, »langsam wird es Zeit weiterzuziehen.«

Und während die Wolken über den dunkelblauen Himmel segelten und die Vögel zu ihrem hungrigen Nachwuchs in den Nestern flogen, packte Julie ihre Sachen zusammen.

Dann hob sie Amy in ihren Rucksack. Erst als Julie die

höchste Stelle der Flussböschung über der Höhle erreicht hatte, machte Aaka die Augen auf. Julie ging weiter. Aaka sprang hoch, weil sie spürte, dass Julie sich anders verhielt als sonst. Kapu wachte auf und auch Zing erhob sich. Alle drei schauten zu, wie Julie mit Amy im Rucksack wegging. Als Erste trabte Aaka hinter den beiden her. Dann folgte Kapu und als Letzter Zing.

Sie wollten ihren Welpen nicht allein in die Fremde ziehen lassen.

Julie drehte sich zu ihren Freunden um. »Der Weg zu den Bergen ist ziemlich weit«, sagte sie. »Aber dort gibt es Karibus, an denen ihr euch satt fressen könnt.«

Als Julie ihre Schritte beschleunigte, liefen auch Kapu, Aaka und Zing schneller.

Zuerst hielt Julie die weißen Flecken am Horizont für von der Sonne angeleuchtete Wolken. Als aber die Flecken langsam Gestalt annahmen, erkannte sie, dass vor ihr der prachtvolle Gebirgszug der Brooks Range lag. Julie machte Halt, um sich auszuruhen und die spirituelle Kraft der Berge in sich aufzunehmen. Dann lief sie in Richtung Süden weiter und kam bald an den Colville Fluss.

Während des Marsches sang Julie die ganze Zeit *Das Land im Norden* und *Erbsen machen klick und Erbsen machen klack*. Dieses Lied hatte sie sich letztes Jahr in der Tundra ausgedacht. Amy und ihre dunklen Anverwandten lauschten ihrem Gesang und freuten sich offensichtlich über die Musik. Und wenn Julie einen Ton nicht ganz richtig erwischte, dann wedelte manchmal einer der Wölfe mit dem Schwanz.

Julie hielt Ausschau nach Kot und Hufspuren der Karibus, die man an den in der Mitte gespaltenen Halbkreisen erkennen konnte, die bis zu fünfzehn Zentimeter lang waren. Außerdem hatten Karibus an den Vorderbeinen Klauen, die hinter jedem Hufabdruck noch zwei kleine Pünktchen zurückließen. Solche Spuren konnte Julie nirgendwo entdecken.

Die Wölfe folgten geduldig ihrem Jungen. Die Tatsache, dass Amy in Julies Rucksack saß, beunruhigte sie nicht allzu sehr. Hauptsache, sie konnten den Welpen sehen. Ab und zu zogen sie los, untersuchten die Umgebung und schnüffelten in die Luft.

Manchmal lief Kapu eine große Runde, um nach Nahrung zu suchen. Er war hier schon einige Male gewesen und kannte genauso wie alle anderen Nordpolarwölfe jedes Gewässer, jede Grasfläche und auch alle großen Tiere in seinem riesigen Gebiet. Mit seinem Geruchssinn konnte Kapu ein großes Stück Tundra überwachen, und den Geruch von Beute witterte er bis zu fünfzehn Kilometer weit.

Julie war froh über Kapus untrüglichen Geruchssinn. Die Karibuherde musste irgendwo ganz in der Nähe sein, denn ein Kalb entfernt sich nie allzu weit von seiner Mutter. Kapus Nase würde die Karibus viel früher wahrnehmen als ihre Augen. Raschen Schrittes ging Julie weiter.

Amy saß brav in ihrem Rucksack. Der Welpe war noch jung genug, um eindringlich geäußerten Befehlen zu gehorchen. Julie brauchte nur kurz zu knurren, die Zähne zu fletschen oder forsch zu bellen und schon hörte Amy auf, im Rucksack unruhig hin und her zu zappeln.

Während die Sonne einmal über den Himmel wanderte, legte die seltsame Gruppe fast fünfzig Kilometer zurück. Erst dann machten sie zum Schlafen Halt, aber nur, weil Julie müde war. Die Wölfe hätten noch lange weiterlaufen können. Julie ließ sich auf einen warmen Grashügel plumpsen und streckte die Beine aus. Sie kaute auf einem Stück Karibufleisch herum und spürte die massive Gegenwart der Berge, die vor ihr aufragten. Die dunkelgrün bewaldeten Hänge waren die Heimat vieler Wildtiere. Sie lebten ihr ganzes Leben hier und bekamen Junge, in denen sie weiterlebten. Julie mochte die Berge, weil sie dem Leben Nahrung gaben.

Zu ihren Füßen zirpten kleine Vögel, die Julie mit ihrem nervösen Herumgeflattere an einen Schneesturm erinnerten. Moskitos summten um sie herum, stachen aber nicht, denn für die große arktische Stechmücke war Julie geruchslos. Oben am Colville würde es dann kleinere Mücken geben, gegen die sie sich nur schützen konnte, wenn sie ihre Haut mit Fischtran einrieb. Zum Glück hatte sie welchen mitgenommen.

Julie hatte es sich bequem gemacht, aber die Wölfe waren unruhig. Sie gingen hin und her, schnüffelten überall herum und horchten nach allen Seiten. Nach einiger Zeit legten sie sich mit gespitzten Ohren auf den Boden.

Als sie auf Julie etwas ruhiger wirkten, holte sie Amy aus ihrem Rucksack und legte sie Aaka zum Säugen an, doch die Wölfin hatte kaum Milch, weil sie schon monatelang nicht mehr genügend zum Fressen gehabt hatte. Nach ein paar ergebnislosen Nuckelversuchen gab Amy auf. Sie sah sich nach Kapu um und stupste dann mit ihrer Schnauze seitlich an sein Maul. Damit wollte sie ihn um etwas zu fressen zu bitten, aber Kapu konnte dem Welpen nichts geben. Als Amy daraufhin begann, vor lauter Hunger laut zu winseln, stand Julie auf, lud ihr Zweiundzwanziger und durchstreifte die Gegend.

Schließlich kehrte sie mit einem Schneehasen zurück und legte ihn Aaka hin. Die Wölfin zerriss die Beute und teilte sie sich mit Amy, während Kapu und Zing schliefen, um nicht so viel Energie zu verbrauchen.

Julie legte sich daneben. Sie breitete ihr Karibufell aus, und noch bevor sie sich die Schuhe ausziehen konnte, war sie schon eingeschlafen. Als sie Stunden später wieder erwachte, hörte sie den traurigen Schrei eines Wanderfalken. Julie setzte sich auf. Wanderfalken ernähren sich hauptsächlich von Wasservögeln wie Enten und Gänsen. Die Schreie des Falken signalisierten ihr, dass sie schon fast den Colville erreicht hatten. Von dort aus war es nicht mehr weit bis zu den Karibus.

Plötzlich legte der Falke seine Flügel an und raste im Sturzflug auf die Erde zu. Federn stoben in die Luft. Julie rappelte sich auf, während Kapu den Kopf hob, kurz schnüffelte und mit einem Ruck auf die Beine sprang. Dann rannte er auf die Beute des Falken zu. Als der Vogel Kapu kommen sah, schlug er heftig mit den Flügeln und flog davon. Die eben gerissene Gans ließ er zurück. Kapu ging zu der Beute hinüber und nahm sie in sein Maul. Doch dann ließ er sie wieder fallen und trottete gemächlich zum Lager zurück. Dort legte er sich ausgestreckt hin und schaute einen nach dem anderen an, als wollte er sagen: »Ich habe die Gans nicht genommen, also lasst sie gefälligst ebenfalls liegen.«

Über ihnen kreiste der Wanderfalke. Er hatte gesehen, dass Kapu seine Beute nicht weggeschleppt hatte, sondern fortgegangen war und sich hingelegt hatte. Als er sich eine Weile nicht rührte, ließ sich der Falke wie ein Stein fallen, packte die Beute mit den Krallen und erhob sich mit ein paar starken Flügelschlägen.

»Warum hast du das gemacht, Kapu?«, fragte Julie. »Warum hast du die Gans nicht genommen? Du hast doch schon tagelang nichts mehr Richtiges zu fressen gehabt und trotzdem überlässt du dem Falken die Gans?«

Kapus Augen nahmen einen weichen Ausdruck an. Er

schaute Julie an, legte sich auf die Seite und beobachtete den Himmel.

»Kapu«, flüsterte Julie bewundernd, »du weißt ja genauso viel wie wir Eskimos. Hast du dem Wanderfalken deswegen die Beute gelassen, weil er für die Tundra ein ganz wichtiges Tier ist? Hast du ihm deswegen das Fressen nicht weggenommen? Mir kommt es fast so vor. Die alten Eskimos behaupten, dass Wölfe nicht nur für ihre Familie sorgen, sondern auch für die Gemeinschaft aller Lebewesen in der Tundra.«

Julie stand auf, steckte Amy in ihren Rucksack und marschierte wieder los. Aaka folgte ihnen auf dem Fuß und dann kamen Kapu und Zing, die das Gelände kreisförmig nach vorne und hinten durchstreiften. Dabei ließen sie aber ihren Welpen nicht aus dem Blick, als wäre das Junge das Einzige, wofür die Wölfe lebten. Julie wusste, dass das zu dieser Jahreszeit auch tatsächlich zutraf. Nur deshalb konnte ihr Plan funktionieren.

Ein paar Stunden später erreichte Julie die Ausläufer der Brooks Range. Am Horizont ragten die schneebedeckten Berge hoch in den Himmel empor. Hier in dieser rauen Gegend musste die Karibuherde, die sie suchte, ihr Winterlager gehabt haben. Julie kletterte auf eine Kuppe, um Ausschau zu halten. Tief unter ihr schlängelte sich ein grünes Band dahin.

»Wir sind am Colville«, rief sie laut und rannte den Abhang hinunter, um Ausschau nach den Karibus zu halten.

Aber sie entdeckte nicht einen einzigen Hufabdruck, geschweige denn in den Himmel ragende Geweihe.

Julie setzte sich hin und hätte am liebsten geweint. Aber dazu hatte sie keine Zeit. Sie musste überlegen. Es war sinnlos, noch weiter zu gehen, aber etwas anderes blieb ihr gar nicht übrig. Julie war jetzt elf Tage lang von zu Hause weg, aber die Wölfe brauchten bis zu den Moschusochsen von Kangik nur einen Tag zu laufen. Julie musste sie in die Nähe des Anaktuvuk-Passes bringen, wo nach Atiks Erzählungen ein paar Karibus gesichtet worden waren. Bis zu dem Pass waren es noch gut dreihundertzwanzig Kilometer, aber es gab keine andere Lösung. Julie ließ Amy aus ihrem Rucksack heraus, damit sie herumtollen und spielen konnte, schoss für den Welpen ein Schneehuhn und ruhte sich ein bisschen aus. Dann packte sie wieder alles zusammen und ging auf eine Baumgruppe am Fluss zu.

Die Wölfe liefen ihrem Welpen hinterher. Ihre Beine bewegten sich so elegant, als würden sie auf einem Meer aus Wind dahinschwimmen. Plötzlich blieb Kapu mit einem Ruck stehen. Er hob sein Bein, markierte eine Zwergweide mit seinem Geruch und kehrte wieder zu Julie zurück. Dann kratzte er ein tiefes Zeichen in den Boden. Julie zuckte mit den Schultern und ging weiter. Doch die Wölfe folgten ihr nicht. Julie winselte ungeduldig und Kapu antwortete mit einem Bellen.

»Nun kommt schon«, drängte Julie. Kapu heulte und lief noch einmal denselben Weg wie gerade eben schon. Diesmal folgte ihm Zing und hob ebenfalls sein Bein an der Weide. Aaka rannte als Dritte hin, kehrte bei der Weide wieder um und versuchte dann, Amy mit den Vorderpfoten aus Julies Rucksack zu holen. Als Julie jedoch knurrte, duckte sich Aaka so schuldbewusst, dass Julie sich bei der liebevollen Wolfsmutter entschuldigte und sie umarmte.

»Wir müssen weiter«, sagte Julie eindringlich und setzte sich erneut in Bewegung. Der Anaktuvuk-Pass war zehn Tagesmärsche entfernt und Kapugen hatte sich möglicherweise schon auf die Suche nach ihr gemacht. CB würde rasch ihre Spur finden und genau das wollte Julie auf alle Fälle verhindern. Sie wollte ihren Vater erst dann wieder sehen, wenn sie die Wölfe zu einer neuen Futterquelle geführt hatte. Fest entschlossen holte Julie Amy aus ihrem Rucksack heraus, nahm sie auf den Arm und ging wieder in Richtung Südosten los.

Dort überquerte sie die unsichtbare Grenze ein zweites Mal.

Kapu bellte laut und blieb wie angewurzelt stehen. Er würde Julie nicht folgen. Dann bellte auch Zing und Aaka winselte. Julie lief aber unberirrt weiter. Die Wölfe jaulten und bellten Amy hinterher, aber die Grenze überschritten sie nicht. Es war so, als würde zwischen den Tieren und Julie auf einmal eine riesige Glaswand stehen, durch die sie nicht hindurchkonnten. Die Wölfe rannten zuerst nach Norden, dann nach Süden an der Grenze entlang, bewegten sich aber keinen Meter in Richtung auf den Anaktuvuk-Pass. Als Amy versuchte, sich aus Julies Rucksack herauszuwinden, überquerte Aaka schließlich doch die unsichtbare Linie, um ihr Junges zu holen. Aber Kapu bellte laut und fletschte nicht nur einen, sondern beide Reißzähne. Daraufhin kehrte Aaka wieder um und unternahm keinen weiteren Versuch, Amy zu holen, obwohl Julie immer weiter und weiter marschierte in der Hoffnung, die Wölfe würden ihr schließlich doch folgen.

Doch die Wölfe kamen nicht hinter Julie her. Sie standen zu dritt auf dem kleinen Hügel und schauten ihr nach. Kapu legte den Kopf in den Nacken und stieß ein tiefes, klägliches Geheul aus. Zing stimmte mit ein und Aaka ließ einen schmerzerfüllten, anrührenden Schrei los. Es war der Trauergesang von Wölfen, die einen geliebten Angehörigen verloren haben. Es war so herzzerreißend, dass Julie kehrtmachte.

Als sie die unsichtbare Grenze wieder überschritt, wedelten die Wölfe mit ihren Schwänzen und leckten ihr vor lauter Dankbarkeit die Hände. Julie setzte sich hin und überlegte, was sie nun tun sollte. Kapu legte sich vor sie hin und ließ seinen Kopf auf die Vorderpfoten sinken. Er starrte auf die Flussebene hinaus.

Jetzt endlich erkannte Julie, was die drei Wölfe ihr mitteilen wollten. Die unsichtbare Linie, die durch den Urin und die Kratzspuren markiert worden war, begrenzte das Territorium des Rudels. Mit jedem Schritt auf die andere Seite verletzten sie ein Wolfstabu. Julie war tief betrübt. Damit war das Land der Karibus für sie und ihre Wölfe unerreichbar.

Sorgenvoll drückte Julie die kleine Amy an ihre Brust. Der Welpe leckte ihr das Kinn und schaute dann zu seiner Mutter hinüber. Kapu trabte ein paar Meter, schnappte nach Zings Schnauze und dann nach der von Aaka. Schwanzwedelnd legten beide die Ohren an, dann klemmten sie den Schwanz zwischen die Beine und signalisierten ihre Ergebenheit. Aaka legte ihren Kopf in den Nacken und drehte ihre Ohren nach allen Seiten, und da erst begriff Julie, dass die Wölfe sich etwas Wichtiges mitteilten, auch wenn sie nicht verstand, um was es ging.

Kurz darauf erfuhr sie es doch, denn die Wölfe rannten so schnell wie der Schatten eines Vogels in die Tundra hinaus.

»Ach je«, meinte Julie laut und umarmte die wuschelige Amy. »Jetzt soll ich wohl wieder die Babysitterin spielen.«

Julie breitete ihr Karibufell aus, tollte mit Amy im Gras hin und her und gab ihr ein Stückchen getrocknetes Karibufleisch. Das Junge knurrte und fraß dann vergnügt. Julie drehte sich auf den Bauch.

Mit aufgestütztem Kinn beobachtete sie den Fluss. Das Karibuland auf der anderen Seite hätte das neue Zuhause des Rudels werden sollen, aber so weit würde es nun nicht mehr kommen. Es war ihr nicht gelungen, die Wölfe auf die andere Seite des Flusses zu locken, weil deren Gebiet hier schon zu Ende war. Sie musste die Wölfe wohl oder übel ihrem Schicksal überlassen.

Doch dann blinzelte sie erstaunt. War da im feuchten Moos vor ihr nicht eine Delle, die eigentlich nur von einem Huftritt stammen konnte? Julie stand auf und sah sie sich an.

»Das war ein Elch«, stellte sie fest, als sie den etwa dreizehn Zentimeter langen Abdruck betrachtete. Die Klauen waren nicht so weit auseinander gespreizt wie bei einem Karibu und ihre Form war weniger spitz und etwas mehr in die Länge gezogen. Mit der Zeit entdeckte Julie noch mehr dieser Abdrücke, die in das Schwemmland des Flusses hinein- und wieder hinausführten. Vor lauter Freude warf Julie die Arme in die Luft. Karibus waren Nomadentiere, die ständig auf einer großen Kreisbahn vom nördlichen ins südliche und dann wieder ins nördliche Alaska zogen. Elche jedoch lebten völlig anders. Ein Elch bewegte sich selten mehr als zehn Kilometer von dem Ort weg, an dem er geboren wurde.

»Elche«, wiederholte Julie. »Die Wölfe sind gerettet.«

Weil aber die Elche im Schwemmland am Fluss lebten, musste Julie die Wölfe dazu bringen, die unsichtbare Grenze ihres Reviers zu überschreiten.

Irgendetwas bewegte sich am anderen Ufer des Colville. Am Hang über den drei Meter hohen Weiden trabte ein Wolf entlang und Julie erkannte, warum ihre Wölfe keinen Schritt weiter tun wollten: Jenseits des Flusses lebte ein anderes Rudel. Bewegungslos starrte Julie hinüber.

Der Wolf mit dem silbrigen Fell war in Begleitung eines grauen, der sein Bein hob, um das Terrain zu markieren. Daran erkannte Julie, dass er ein Rüde war. Beide Wölfe schnupperten in die Luft, weil ihnen der Wind Julies Geruch entgegenwehte. Sie blickten sich um, aber mit ihren Augen konnten sie Julie nicht ausmachen. Der Rüde markierte noch einmal das Terrain, dann lief er an seiner unsichtbaren Reviergrenze entlang und verschwand. Auch er hatte die Grenze außerhalb des Geländes markiert, in dem die Elche lebten.

Julie fragte sich, was das zu bedeuten hatte. Dort drüben lebte ein Wolfsrudel und hier ebenfalls eines – dazwischen gab es ein riesiges Niemandsland, das beide Meuten mieden. Und genau in diesem Niemandsland lebten die Elche. Julie fiel wieder ein, dass Kapugen ihr einmal von einem Brauch erzählt hatte, den es bei verschiedenen Indianerstämmen gab. Diese hatten zwischen ihren jeweiligen Gebieten einen Korridor eingerichtet, dessen Betreten unter Androhung der Todesstrafe verboten war. Dieses Niemandsland wurde im Lauf der Jahrhunderte zu einem Reservat für wilde Tiere. Wurde nämlich eine Gattung von den Indianern zu sehr bejagt, zogen diese Tiere sich zu ihrem Schutz auf den Sicherheitsstreifen zurück, wo sie sich wieder vermehren konnten. Irgendwann jedoch gab es dann so viele Hirsche oder Elche im Korridor, dass sie wieder auf das Indianergebiet ausweichen mussten, wo sie erneut gejagt wurden. Als die Weißen kamen und die Landverteilung änderten, verhungerten die Indianer. Vermutlich gab es bei den Wölfen ein ähnliches Abkommen.

»Was soll ich tun?«, sagte Julie zu Amy, die in der Sonne eingeschlafen war.

Angestrengt dachte Julie nach. Die Polar-Backenhörnchen waren aus ihrem Bau geschlüpft und schnatterten lautstark. Junge Vögel, die bereits flügge waren, suchten schon selbstständig nach Nahrung. Lemminge hatten viele Nachkommen, die einen Festschmaus für Wiesel, Füchse, Eulen, Habichte und Raubmöwen darstellten. Unten am Flussufer plapperten ganze Sippen von weißbrüstigen Gänsen mit ihren Jungen. Es war unübersehbar, dass es bald Juli wurde, der Monat, in dem die Tiere der Arktis ihre Jungen aufziehen. Die Eskimos nannten ihn *Iñukkukaivik.*

Julie legte sich neben Amy und schlief ein. Viele Stunden später kamen die drei Wölfe mit voll gefressenen Bäuchen nach Hause. Amy lief ihrer Mutter entgegen und stupste die Fähe an den Mundwinkeln. »Futter!«, hieß das. »Ich will etwas zu fressen.«

Aaka tat, was Amy von ihr verlangte, und Julie lächelte. Vor einem Jahr wäre sie fast verhungert, weil sie nicht wusste, wie man die Wölfe um Nahrung bittet. Damals hatte Kapu ihr beigebracht, dass Wolfseltern ihren Welpen Futter im Magen heimbringen und dass man nur das Maul eines erwachsenen Wolfs an einer bestimmten Ecke berühren muss, damit er etwas davon hervorwürgt.

Die Wölfe streckten sich im milchigen Sonnenlicht aus. Julie freute sich, dass sie etwas zu fressen gefunden hatten, aber ihr war auch klar, dass das nur eine Vorspeise gewesen sein konnte. Schließlich brauchte ein ausgewachsener Wolf drei bis sechs Kilo Nahrung am Tag. Bei den dreien zeichneten sich ganz deutlich die Rippen unter dem Fell ab. Die Zeit wurde langsam knapp.

Wenn es nur eine Möglichkeit für ihr Rudel gegeben hätte, an die Elche heranzukommen.

Mit jeder neuen Nacht strich die Sonne bereits ein bisschen tiefer über den Horizont und deutete an, dass in absehbarer Zeit die Dunkelheit wieder über die Arktis hereinbrechen würde. Als Julie zu der von einem seltsamen, gelblichen Hof umgebenen Sonne hinaufblickte, bemerkte sie noch etwas anderes. Sie kannte diese Farbe nur allzu gut. Von der Küste her war dicker Nebel im Anzug und schon bald würden sie nicht einmal mehr die Hand vor Augen erkennen können. Die Wölfe wussten das ganz offensichtlich ebenfalls, denn sie hatten alles gefressen, was ihnen vor die Schnauze gekommen war. Jetzt konnten sie sich lange ausruhen und schlafen.

Als Kapu sich vor dem Schlafengehen seine Schlafmulde zurechtdrückte, fragte sich Julie, ob er wohl wusste, dass es auf der anderen Seite des Flusses ebenfalls Wölfe gab. Das war eine dumme Frage, wie ihr sofort bewusst wurde. Mit Ohren, Barthaaren, Nase und Schwanz überwachte Kapu schon die ganze Zeit die andere Meute und teilte Zing und Aaka mit, was er über deren Aktivitäten in Erfahrung gebracht hatte. Er wusste ganz genau, was sich drüben tat, und schließlich teilte er es auch Julie mit. Plötzlich hielt er mit dem Bettmachen inne und starrte ans andere Ufer hinüber. Zuerst stellten sich seine Nackenhaare auf, dann das ganze Rückenfell vom Kopf bis zur Schwanzspitze. Julie folgte seinen Blicken. Das andere Wolfspaar näherte sich der unsichtbaren Linie. Weil sie zu weit weg waren, um Kapu knurren zu hören, zeigte er ihnen seine Warnung optisch mit aufgestellten Ohren und gesträubtem Fell. Die anderen Wölfe erkannten seine Signale, kehrten um und legten sich am anderen Ufer ins Gras.

Julie schlang die Arme um die Knie und grübelte. Am Horizont tauchte langsam die Nebelwand auf, die leise auf sie zukam und mit ihren Schwaden, dick wie Erbsensuppe, die Landschaft verschluckte. So ein Nebel konnte sich tagelang halten, manchmal sogar wochenlang. Julie dachte nach und schließlich hatte sie einen neuen Plan.

Als ihre Wölfe eingeschlafen waren, stand sie auf. Auf Zehenspitzen ging sie bis zu der unsichtbaren Grenze, und als sie die überquert hatte, rannte sie los. Kapu reagierte sofort und sprang auf. Er lief auf die Grenzlinie zu, gab aber keinen Laut von sich. Mit seinen Drohgebärden vorhin hatte er die Stimmung verändert.

Am Flussufer sah Julie, dass die Elche Weiden und Riedgräser angenagt hatten. Der Boden war mit ihren Hufabdrücken übersät. Luchslosungen sprenkelten das Gras und ein paar flache Steine dienten ganz offenbar den Vielfraßen als Latrine.

Diesen Tieren ging es prächtig, aber Julies Wölfe würden den Hungertod sterben. Mit ihrem Zweiundzwanziger konnte Julie keinen Elch erlegen, höchstens so reizen, dass er zum Angriff überging. Und mit einem Mal wusste Julie, was sie zu tun hatte. Sie musste einen Elch auf die Wölfe zutreiben. Schon ein einziger Elch würde ihnen für eine ganze Reihe von Tagen genügend Nahrung bieten. Dann hatte sie Zeit genug, sich etwas auszudenken, wie sie Kapu dazu bringen konnte, das Tabu zu verletzen und sein Rudel ins wildreiche Niemandsland zu führen.

Ganz leise pirschte sich Julie vor. Von beiden Ufern des Flusses aus beobachteten sie die Wölfe. Plötzlich stieß Kapu einen wütendes Bellen aus, laut und warnend. Julie drehte sich um und sah, dass ein Elchbulle auf sie zusteuerte.

Es gab nichts, wo Julie sich hätte verstecken können, denn hier wuchsen nur vereinzelte Weiden, die kaum größer waren als sie selbst. Die riesigen Schaufeln hoch erhoben, rannte der Bulle mit wild hin und her schwingender Halswamme auf sie zu. Er war schon so nah, dass sie das

Weiße in seinen Augen erkennen konnte. Julie wusste, dass sie sich jetzt nicht umdrehen und weglaufen durfte, denn jedes Tier jagt einem Fliehenden hinterher. Julie durfte den Elch nicht zu einem Angriff reizen.

Deswegen tat sie das Einzige, was ihr noch übrig blieb. Sie blickte dem Elchbullen mutig ins Gesicht, und als das riesige Tier sie fast erreicht hatte, machte sie einen beherzten Satz zur Seite. Der Elch, der im vollen Lauf seine Richtung nicht so rasch ändern konnte, donnerte an ihr vorbei und kam erst dreißig Meter hinter ihr zum Stehen. Dann machte er kehrt, senkte das Geweih und ging zum nächsten Angriff über.

Lärm, dachte Julie, du musst Lärm machen. Sie legte ihren Kopf in den Nacken und fing an, wie ein Wolf zu heulen. Kapu, Zing und Aaka stimmten mit ein.

Der Elch blieb stehen, blähte die Nüstern und schaute den Abhang hinauf. Die Wölfe heulten noch einmal. Daraufhin machte der Elch kehrt und floh. Als Julie das sah, tat sie das, was jeder Jäger auch getan hätte: Sie verfolgte das flüchtende Tier. Mit lautem Heulen und Schreien jagte sie den Elch aus dem Schwemmland heraus, zwischen den Weiden hindurch und hinaus auf die neblige Tundra. Dort übernahmen die Wölfe die Verfolgung des Tiers.

Julies Plan hatte funktioniert. Jetzt musste sie nur noch herausfinden, wie sich das Tabu brechen ließ, denn schließlich konnte sie nicht den ganzen Winter hier am Fluss zubringen und für Kapu die Elche aus dem Niemandsland jagen.

Die einzige Lösung war, beide Rudel zu einem zusammenzuschließen.

Julie zog ihre Schuhe aus, suchte nach der flachsten Stelle im Fluss und watete dann in das eisige Wasser hinaus. Die

Nebelbank war vom Fluss noch ein ganzes Stück entfernt und Julie entschied, dass sie noch genügend Zeit hatte, um die beiden Wölfe der anderen Meute anzulocken und ihre Höhle zu finden. Wenn diese Wölfe ebenfalls ein Junges hatten, wollte Julie sich auch mit diesem anfreunden und es in den Korridor tragen. Dann wollte sie zurückgehen und Amy zu den anderen Welpen bringen. Auf diese Weise würde sie die erwachsenen Wölfe dazu zwingen, zu ihren Jungen zu kommen. Vielleicht würde es dann einen schrecklichen Kampf zwischen den beiden Rudeln geben, doch Julie war sich sicher, dass Kapu in diesem Fall siegen würde. Die beiden neuen Wölfe wären Kapu gegenüber zu Gehorsam verpflichtet und das Tabu wäre gebrochen. Dann konnten die Wölfe in dem breiten Streifen am Fluss Elche und andere Tiere jagen und mussten nicht mehr nach Kangik kommen, um dort Moschusochsen zu töten.

Als Julie sich ihren Weg durch das Riedgras und die Weiden bahnte und neue Pläne entwarf, tauchte plötzlich vor ihr ein Wolf auf.

»Silberpelz«, sagte Julie verblüfft. »Bist du das, Silberpelz?«

Die Wölfin sah Julie an und zuckte mit einer Augenbraue. Es wirkte so, als wäre sie nicht im Geringsten erstaunt, Julie zu treffen, und wüsste schon seit geraumer Zeit von ihrer Ankunft am Colville. Silberpelz wedelte einmal mit dem Schwanz, drehte sich um und trabte davon. Julie lief auf allen Vieren hinter ihr her. Sie wusste, dass Silberpelz in Begleitung eines anderen Wolfes war, und den wollte sie nicht durch den aufrechten Gang menschlicher Jäger erschrecken. Silberpelz signalisierte Julie mit einer leichten Drehung ihrer Ohren, dass sie sich richtig verhielt.

In großen Schleifen, so wie manchmal auch Flüsse durch

weites Gelände fließen, lief Silberpelz durch das Riedgras und an den Zwergweiden vorbei. Julie krabbelte hinterher wie ein Eskimotänzer, der mit seinem Tanz die Geschichte von dem Wolfswesen erzählt, das auf der Erde gelebt hatte, bevor der Rabe die bisher dunkle Welt ins Licht zog. Zwischendurch fasste Julie in ihre Tasche und rieb an dem Totem von Amaroq.

Silberpelz blieb stehen, um an der Spur eines Vielfraßes herumzuschnüffeln, lief ein paar Meter weiter und hockte sich hin. Julie setzte sich ebenfalls und signalisierte der Fähe winselnd ihre Zuneigung. Dann hielt sie dem Tier ihren Handschuh hin. Der Fäustling trug Kapus Geruch, und Julie hoffte, Silberpelz würde auf diese Weise erkennen, dass Kapu in der Nähe war. Silberpelz schnüffelte an dem Handschuh herum, warf einen Blick über den Fluss hinüber und wandte sich dann wieder dem Handschuh zu. Kapus Geruch erstaunte sie überhaupt nicht. Daraus schloss Julie, dass die Fähe längst wusste, dass ihr Sohn sich in der Nähe aufhielt.

Ruhig saßen sie nebeneinander. Silberpelz säuberte mit ihrer Zunge eine Pfote, und Julie suchte mit ihren Augen das steinige Flussbett nach einer Höhle ab. Doch sie fand weder eine Höhle noch irgendwelche Welpen. Anscheinend hatten Silberpelz und ihr neuer Gefährte so unter Nahrungsmangel zu leiden gehabt, dass sie gar keine Jungen in die Welt gesetzt hatten.

Plötzlich tauchte der zweite Wolf auf. Julie schluckte, als sie ihn mit einem Mal nur drei Meter entfernt vor sich sah. Die Zwergweiden, zwischen die er sich geduckt hatte, reichten ihm gerade mal bis an den weißen Bauch. Er war groß und schlank, hatte einen schmalen Körper und ein hartes Gesicht. Aber Kapu war noch größer, und das war gut so, denn nur der größte Wolf konnte ein Rudel anführen.

Wenn Julie beide Gruppen zusammenführte, dann würde mit Sicherheit Kapu den Kampf um die Vorherrschaft gewinnen. Julie gab dem flinken Wolf den Namen Raubein. Sie winselte und bettelte um seine Freundschaft, aber er ignorierte sie und schaute auf den Fluss hinaus.

Silberpelz erhob sich und drehte Julie ihre Kehrseite zu. Dann hob sie den Kopf und schloss die Augen. Julie wusste, was sie wollte. Vorsichtig streckte sie den Arm aus und kraulte Silberpelz den Rücken, genau über dem Schwanz, wo Wölfe und Hunde am liebsten gekrault werden. Silberpelz brummte behaglich.

»Mir wäre es wirklich am liebsten«, sagte Julie nachdenklich, während sie ihre Nägel in den Pelz der Wölfin grub und sie kräftig massierte, »wenn du und Kapu euch darauf einigen könntet, dass ihr euch gegenseitig in Ruhe Elche jagen lasst.«

Raubein machte ein paar Schritte und starrte auf die andere Flussseite. Julie wollte wissen, was er dort sah, und hob ihren Kopf. Drüben standen Kapu und Zing mit aufgestellten Ohren und gesträubtem Nackenfell an der unsichtbaren Grenze und fixierten Raubein mit stechenden Blicken. Raubein starrte zurück und Julie kam es so vor, als würde er in diesem Moment eine wichtige Entscheidung fällen. Plötzlich entspannte sich Raubeins Miene. Er drehte seine Ohren und machte einen Schritt auf Julie zu. Dann schnüffelte er an ihr herum, als hätte sie ihm vom anderen Flussufer eine Botschaft mitgebracht.

Julie überlegte: Hatte Kapu sie vielleicht deswegen nicht zurückgerufen, weil er ihr eine bestimmte Duftmarke verpasst hatte?

Raubein starrte zum anderen Flussufer hinüber und stimmte ein freundschaftliches Geheul an.

Silberpelz machte einen Satz vorwärts.

Im nächsten Augenblick sprangen Kapu und Zing über die unsichtbare Grenze und liefen ins Schwemmland hinaus.

Dann sprangen Raubein und Silberpelz mit einem so gewaltigen Satz in den Fluss, dass das Wasser meterhoch aufspritzte.

Die vier liefen aufeinander zu, tauschten Signale aus und jagten dann gemeinsam hinter einem Elch her, den Julie gar nicht kommen gesehen hatte. Aaka und Amy blieben draußen in der Tundra stehen.

Der Elch wusste, dass er keine Chance hatte. Er hob seine schweren Hufe und rannte mit in den Nacken gelegtem Kopf und hoch erhobenem Geweih drauflos. Die Wölfe sprangen neben dem Elch hoch und rannten lautlos in immer enger werdenden Kreisen neben ihm her. Sie versuchten, sich in die beste Angriffsposition zu bringen.

Dann blieb Kapu von einem Augenblick auf den anderen abrupt stehen und die anderen folgten seinem Beispiel. Er hatte die Jagd abgeblasen. Die vier Wölfe standen heftig atmend da, lächelten sich mit zurückgezogenen Mundwinkeln an und sahen dem davonrennenden Elch hinterher. Dann machten sie kehrt und trotteten fort. Der Elch bremste, blickte zurück und fing wieder an zu grasen, als wäre nichts passiert. Offensichtlich hatten Jäger und Beute im Laufe vieler Jahrtausende eine gewisse Form der Verständigung über Tod und Leben gefunden.

Nachdem sie von dem Elch abgelassen hatten, jagten die vier Wölfe mit aufgestellten Ohren und fliegenden Schwänzen hintereinander her über den Kiesstrand. Sie rannten, als gäbe es nichts Wichtigeres auf der Welt als zu laufen. Julie sah gebannt zu. Ihr kam es so vor, als vollführten die Tiere ein uraltes Wolfsritual. Sie hatten den Elch nicht getötet, sondern ihn lediglich gemeinsam gejagt. Jetzt rannten sie voller Freude, als wollten sie damit das oberste Gesetz ihrer Gattung feiern – den Zusammenhalt. Ein alter Eskimo hatte Julie das einmal so erklärt: »Wir alle hier draußen sind füreinander da: die Eskimos, die Säugetiere, der Fluss, das Eis, die Sonne, die Pflanzen, die Vögel und die Fische. Lasst uns diesen Zusammenhalt feiern.« Julie spürte, dass es genau das war, was die Wölfe in diesem Moment taten.

Auf geheimnisvolle Weise hatten sich die Wölfe darüber verständigt, dass sie sich zusammenschließen und ein Rudel bilden wollten. Und Julie kam es so vor, als hätte sie dabei die Botschafterin gespielt. Wie jedoch alles im Einzelnen funktioniert hatte, war ihr immer noch ein Rätsel.

Julie watete durch das glitzernde Wasser, schlüpfte wieder in ihre Schuhe und kletterte auf allen Vieren das Ufer hinauf, das ursprünglich einmal das Territorium von Kapu und seiner Meute begrenzt hatte. Von dort aus blickte sie hinaus in die Tundra, um den Elch ausfindig zu machen, den sie ihrem Rudel entgegengetrieben hatte. Doch sie konnte ihn nirgendwo entdecken. Offenbar war er schneller gelaufen als die Wölfe, was für Elche nichts Außergewöhnliches war. Julie kümmerte sich nicht weiter um ihn. Das Tabu war gebrochen, und unten im Schwemmland gab es genügend Nahrung für die Wölfe. Sie konnte wieder nach Hause zurückkehren.

Als Julie ihre Sachen zusammenpackte, sahen Aaka und Amy ihr nicht dabei zu, sondern beobachteten gebannt das Rudel der vier Jäger unten am Fluss. Auf ein Signal von Kapu hin setzte sich Aaka in Bewegung, winselte Amy etwas zu und dann trabte sie gemeinsam mit ihr hinunter zu den anderen.

Julie sah den sechs Wölfen zu, wie sie sich beschnüffelten und gegenseitig ableckten, mit den Schwänzen wedelten und über Dinge redeten, die nur Wölfe verstanden. Dann hielten sie plötzlich ihre Schnauzen in die Luft und schnupperten.

Feierlichkeiten hin oder her, sagte sich Julie, die Wölfe haben Hunger. Sie holte Peters Pfeife aus ihrem Anorak und ging den Hang hinunter auf einen kleinen, nackten Hügel zu, in dem Polar-Backenhörnchen ihren Bau hatten.

Julie stieß einen kleinen Pfiff aus, woraufhin eines der Tiere auftauchte. Sie pfiff noch einmal. Daraufhin tauchte noch eines aus seiner Höhle auf und schaute um sich. Dann stürmte Raubein auf die Gruppe zu, die sofort wieder im Bau verschwand. Julie blies noch viele Male, und immer wieder kamen Polar-Backenhörnchen heraus. Auch Kapu und Zing sprangen jetzt auf die Backenhörnchen zu und jagten sie in ihre Erdlöcher zurück. Die Wölfe hatten überhaupt nicht die Absicht, die kleinen Tiere zu fangen. Sie spielten mit ihnen und jagten sie wieder zurück, sobald Julie sie mit ihrem Pfeifen angelockt hatte. Julie lachte. Auch die Wölfe schienen zu lachen, wenn die Pfeife erklang und die Polar-Backenhörnchen auftauchten. Julie fragte sich, welchen Ton Peter der Pfeife wohl gegeben hatte, dass so viele kleine Polar-Backenhörnchen an die Erdoberfläche kamen. Dann fiel Julie wieder ein, wie sie im vergangenen Sommer in der Tundra mit dem Finger hin und her gewedelt hatte, um so das Schwanzwippen der kleinen Polar-Backenhörnchen nachzuahmen, das bedeutete: »Alles ist in Ordnung – keine Feinde in Sicht, du kannst herauskommen.« Ihr wurde bewusst, dass Peter seiner Pfeife genau den Ton verpasst hatte, mit dem sie sich gegenseitig verständigten: »Alles in Ordnung. Du kannst rauskommen.«

Doch mit einem Mal hatte der Spaß ein Ende, denn Raubein war Aaka zu nah gekommen, woraufhin Kapu ihn wütend anknurrte. Raubein fletschte die Zähne, und Kapu machte einen Satz und packte ihn am Genick. Er schüttelte ihn und ließ ihn wieder los. Beide knurrten wütend, stellten ihre Nackenhaare auf, zeigten sich gegenseitig die Zähne und umkreisten sich. Plötzlich warf Kapu Raubein zu Boden, beugte sich über ihn und zeigte ihm seine Reißzähne. Dann trat er einen Schritt zur Seite, und Raubein rappelte sich wieder auf, wobei er seinen Kopf die ganze Zeit tiefer als Kapus hielt und seinen Schwanz fast auf den Boden sinken ließ. Die Ohren hatte er flach angelegt. Ihr Kampf um die Vorherrschaft war zu Ende und Kapu war als Sieger daraus hervorgegangen. Kurz darauf hüllte sie der Nebel ein.

Die fünf erwachsenen Wölfe stellten sich im Kreis auf und begannen gemeinsam zu heulen, selbst Amy fiepte mit. Das Lied schallte über den Fluss und wurde dort von Klippen und Felsen wieder zurückgeworfen. In ihrem Lied sangen sie vom Reichtum der Erde, und weil Julie spürte, wie Recht sie hatten, stimmte sie auch mit ein.

Als ein kalter Wind den Nebel vertrieb und die Mitternachtssonne zum Vorschein kam, packte Julie den Rest ihrer Sachen und wollte sich auf den Heimweg machen. Ein Rabe schwang sich vom Himmel herunter und setzte sich kühn auf ihren Rucksack. Er krächzte, so wie es Raben tun, wenn sie ihre Artgenossen herbeirufen. Daraufhin schwebten lautlos nochmals drei Raben auf ihren großen, schwarzen Schwingen herbei, gefolgt von sieben weiteren.

»Das sind aber schlaue Vögel«, sagte Julie. Seit ihrem ersten Tag in der Tundra hatte sie noch keine Raben zu Gesicht bekommen. »Die wissen genau, was hier als Nächstes passieren wird.«

Dann tauchte ein rot bepelzter Fuchs auf. Er war hinter den Raben hergelaufen, um an ihrer Beute teilzuhaben, denn er wusste, dass sie von hoch oben erkennen konnten, wenn es irgendwo etwas zu fressen gab.

»Momentan gibt es doch noch gar nichts zu fressen«, sagte Julie laut. Die Wölfe hatten zwar zwei Elche gejagt, aber keinen davon getötet. Vermutlich wussten die Raben und der Fuchs etwas, was sie nicht wusste. Dann überlegte Julie, ob der Wolfsgesang den andern Tieren der Tundra vielleicht mitgeteilt hatte, dass das Rudel jetzt aus fünf erwachsenen Wölfen bestand und nicht mehr nur aus drei. Und vielleicht hatten die Wölfe damit ja auch angekündigt, dass sie jetzt Jagd auf Wild machen würden.

Julie schulterte ihren Rucksack und verließ den Colville. Sie war froh, dass ihre Wölfe jetzt genügend Nahrung für die nächsten Monate hatten, ja vielleicht sogar genug bis zur Rückkehr der Karibus. Julie sah zu ihren Schuhen hinunter und schlug lächelnd den Heimweg ein. Sie freute sich auf zu Hause und – wie sie überrascht feststellen musste – auch auf Peter Sugluk.

Teil III

Miyax, die junge Frau

Julie fand den Heimweg durch die Tundra, indem sie ihren eigenen Spuren und denen der Wölfe folgte. Der Nebel hatte sich gehoben und Julie konnte im Gras die Abdrücke erkennen, die ihre kleine Karawane auf dem Weg zum Fluss hinterlassen hatte. Außerdem hatten sich an den Samenköpfen des Mohns und an Gräsern kleine Wolfshaarbüschel verfangen und markierten ihren Weg wie kleine, weiße Flaggen.

Sie war noch nicht weit gekommen, als sie hinter sich die Kolkraben krächzen hörte. Julie machte Halt, um genauer hinzuhören. Die Schreie der Raben wurden vom Geheul der Wölfe übertönt, die das Ende des einen Lebens und die Weiterführung von mehreren anderen verkündeten. Ein Elch hatte sich den Wölfen ausgeliefert. Julie lächelte. Jetzt waren die Moschusochsen in Sicherheit. Und wenn in diesem Herbst die Karibus zurückkehrten, würde es Kapugen und seiner Zucht richtig gut gehen.

Glücklich marschierte Julie dahin. Wenn die Müdigkeit sie überkam, legte sie sich auf ihr Karibufell und schlief sofort ein. Sie schlief, obwohl die Vögel sangen und die Wiesel girrten, obwohl der Wind drehte und die bis fast an den Horizont herabgesunkene Mitternachtssonne die Wolken purpurrot erstrahlen ließ.

Am Mittag wachte Julie von heiserem Fuchsgebell auf. Um sie herum tobten vier muntere Welpen. Mit in der Sonne blitzenden Augen zerrten sie an Julies Stiefeln und Handschuhen. Julie setzte sich auf. Nirgendwo waren erwachsene Füchse zu sehen.

»Vier Welpen, die nicht mehr in ihrem Bau sind«, sagte Julie laut zu sich. »Das bedeutet, dass der Juni zu Ende geht. Ellens Baby soll am fünften Juli kommen – und da möchte ich dabei sein.«

Sie schulterte ihren Rucksack und ging los. Die Fuchswelpen folgten ihr, bis ein Schneehuhn aufflog; dann verloren sie das Interesse an ihr und setzten stattdessen auf ihren langen, beweglichen Beinen dem Vogel nach.

Dann hörte sie Wolfsgeheul. Es kam von vorne und nicht von hinten. Beunruhigt blieb Julie stehen. Kapu musste sie begleitet haben, ohne dass sie es bemerkt hatte. Offenbar war er vorausgerannt, um für sie den Weg auszukundschaften. Das durfte er nicht tun. Julie ging hinunter auf alle Viere und bereitete sich darauf vor, ihm Auge in Auge gegenüberzutreten und ihn mit festem Blick wieder zurückzuschicken. Da hörte sie ein neuerliches Heulen, das sie aufstehen und in lautes Lachen ausbrechen ließ.

»Kapugen«, rief sie und rannte los. »Hier bin ich, ich bin hier.« Im Nebel erkannte sie die untersetzte Gestalt ihres Vaters. CB zog so stark an der Leine, dass Kapugen sich fest dagegen stemmen musste, um nicht umgerissen zu werden. Es war CB gewesen, der gebellt hatte.

Die Wiedersehensfreude war so groß, dass sogar der Hund die Ausgelassenheit spürte. Er begrüßte Julie noch vor ihrem Vater, sprang an ihr hoch und leckte ihr die Wangen. Sie drückte den Hund an sich und warf sich dann in Kapugens Arme.

»Jetzt besteht keine Gefahr mehr für die Moschusochsen«, sagte Julie, »die Wölfe können sich erst einmal an Elchen gütlich tun.«

»Sie haben tatsächlich Elche gefunden«, sagte ihr Vater hocherfreut. »Das sind ja wirklich gute Nachrichten.« Dabei umarmte er seine Tochter immer wieder. »Und stell dir vor, ich habe auch gute Nachrichten für dich.«

Julie wartete ab.

»Du hast einen Bruder.« Kapugens Augen strahlten voller Zärtlichkeit.

»Einen Bruder«, wiederholte Julie. »Das sind ja wirklich gute Nachrichten. Wißt ihr schon, wie er heißen soll?«

»Wir wollen in Amaroq nennen.«

Vor lauter Erstaunen brachte Julie kein Wort heraus. Sie legte ihren rechten Zeigefinger an die Lippen und sah ihren Vater nachdenklich an.

»Das ist doch nichts Besonderes«, sagte Kapugen, als er sah, wie sehr er seine Tochter verwirrt hatte. »Die Eskimos geben einem Baby doch oft den Namen eines verstorbenen Wesens, um dessen Geist auf das Baby übergehen zu lassen.«

Julie runzelte die Stirn, aber Kapugen fuhr fort: »Wenn ich meinem Sohn den Namen des großen Wolfs Amaroq gegeben habe, fordere ich ihn auf, ebenso zu sein wie er. Der kleine Amaroq wird auf die Jagd gehen, für seine Familie und für sich, und er wird seinen Clan gegen Feinde verteidigen. Und genau wie ein Wolf soll er ein wertvoller Teil unseres Universums sein.«

Julie kannte diesen Brauch der Eskimos, der *atiQs* genannt wurde. Das bedeutet, einem Kind einen Namensvetter zu geben. Es kam oft vor, dass man einem Baby den Namen eines Verstorbenen gab. Tante Martha hieß zum Beispiel nach einer toten Freundin, weil die Angehörigen der Freundin wollten, dass Tante Martha den Namen weitertrug. »In Wirklichkeit bist du meine Großmutter in einem anderen Körper«, sagte man zum Beispiel zu einem Baby und niemand fand daran etwas Sonderbares. Auf diese Weise war der Geist der verstorbenen Martha wieder unter den Leuten. Sie war der Säugling.

»Kommt dir das komisch vor?«, wollte Kapugen wissen, nachdem Julie eine ganze Weile geschwiegen hatte.

»Ich kann mir gut vorstellen, dass man ein Baby nach einem Menschen nennt, den man sehr gern gemocht hat, oder nach einem besonders prächtigen Karibu oder einem mächtigen Eisbären«, antwortete Julie. »Aber ich verstehe nicht, dass du dein Baby nach einem Wolf benennst, den du nicht mochtest und den du getötet hast. Für mich ergibt das keinen Sinn.«

»Ich habe Amaroq bewundert«, sagte Kapugen. »Er ist gestorben, um Kangik zu retten.«

»Denkst du dabei an das Gesetz von Minnesota?«, fragte Julie leise.

»Ja, ich denke an das Gesetz von Minnesota.«

Julie stand eine Weile still da und versuchte, sich mit dem Tod des Wolfs Amaroq abzufinden, indem sie in Gedanken unablässig wiederholte: »Es ist gut so, wie es ist.« Mit diesem Satz versuchten die Eskimos sich für gewöhnlich mit unabänderlichen Dingen auszusöhnen und Frieden zu finden. Irgendwann hob Julie den Kopf und sah Kapugen an.

»Das Baby wird etwas ganz Besonderes werden«, sagte sie. »Und außerdem« – Julie warf einen Blick in die Tundra –, »außerdem wird es den Geist meines Adoptivvaters tragen.« Vor ihren Augen tauchte der wunderschöne, schwarze Wolf wieder auf. Er trug den Kopf hoch erhoben und seine Augen leuchteten intelligent. Gerade hatte er ein Karibu an dessen Lagerplatz erlegt.

Julie lächelte und dachte an den neugeborenen Namensvetter des Wolfs.

»Hat das Baby rote Haare?«, fragte sie neugierig.

»Nein, sie sind so schwarz wie die Regenwolken.«

»Und was für Augen hat es?«

»Schwärzer als eine Neumondnacht.«

»Dann sieht er ja fast so aus wie Amaroq«, meinte Julie. »Das ist gut.«

»Aber seine Haut ist ganz rosig«, ergänzte Kapugen.

»Ich hoffe nur, dass er deswegen keine Probleme mit der Sonne und der Kälte hier bekommt.«

»Ernest Adams hat jedenfalls keine Schwierigkeiten«, meinte Julie. »Und sein Großvater war auch ein Weißer, der als Walfänger hier herauf in den hohen Norden gekommen ist. Seine Haut ist zwar hell, aber sie springt trotzdem nicht auf oder verbrennt.«

Kapugen lachte. »Das stimmt, du hast Recht«, antwortete er und schüttelte den Kopf. »Eigentlich sollte ich über solche Vorurteile längst hinweg sein. Schließlich haben viele Eskimos weiße Vorfahren, und ihre Haut hält Sonne und Kälte genauso aus wie die unsrige.« Lachend bückte er sich, um trockenes Gras abzureißen.

Nachdem Kapugen eine kleine Fläche auf der Tundra freigerupft hatte, legte er das Gras auf einen Haufen. Darüber schichtete er etwas trockenes Holz, das er entlang des Wegs an Flüssen und Bächen aufgelesen hatte. Es stammte von den Bergen, auf denen verkrüppelte Bäume wuchsen, und war im Frühling heruntergespült worden. Kapugen hielt ein brennendes Streichholz an das Gras und im Nu loderte eine Flamme auf, griff auf das Holz über und setzte es in Brand. Dann öffnete er eine große Konservenbüchse mit Eintopf und stellte sie auf die Glut.

»Geht es Ellen gut?«, erkundigte sich Julie etwas verspätet.

»Ja, sie fühlt sich sehr wohl und ist glücklich«, antwortete Kapugen.

»Wann ist Amaroq denn zur Welt gekommen?«, fragte Julie.

»Am fünfzehnten Juni«, sagte Kapugen. »Er ist ein bisschen zu früh dran gewesen. Wie jeder gute Jäger hat er uns überrumpelt.«

»Hast du Ellen mit dem Flugzeug ins Krankenhaus gebracht?«, fragte Julie und wollte plötzlich alles über die Neugeburt ihres wölfischen Adoptivvaters wissen.

Kapugen schüttelte den Kopf. »Der kleine Wolf hat sich entschlossen, genau an dem Tag zur Welt zu kommen, an dem der Sommernebel auf uns zugekrochen kam. An Fliegen war nicht zu denken.«

»Was habt ihr dann gemacht?«

»Ich bin zu Uma gelaufen. Sie ist herübergekommen und hat geholfen.«

»Uma kennt sich wirklich gut mit Babys aus«, sagte Julie.

»Das stimmt«, bestätigte Kapugen und rührte mit seinem Jagdmesser in der Dose. »Und sie weiß viel über die Gebräuche der Eskimos. Zum Beispiel hat sie Ellens Bauch mit einem Wolfsfell abgerieben, weil sie meinte, das würde Ellen die Kraft einer Fähe verleihen«, sagte er lächelnd. »Das erleichtert ihr die Geburt und macht ihre Liebe zu ihrem Kind unerschütterlich.«

»Hat es denn auch geholfen?«, fragte Julie voller Hoffnung.

»Es hat geholfen. Sechs Stunden später war das Kind auf der Welt und Ellen hat es voller Liebe an ihre Brust gelegt.«

»Das glaube ich gern«, sagte Julie. Sie konnte sich Ellen und den kleinen Jungen gut vorstellen, dessen Haare so dunkel wie eine Regenwolke waren.

»In dem Moment wusste ich, dass das Kind Amaroq heißen sollte. Er wird ein guter Mensch werden.«

Julie breitete ihr Karibufell aus und legte sich auf den Bauch. Sie starrte in das Feuer und dachte an den kleinen Amaroq. Sein Name verband sie alle miteinander: Julie, das Baby, Ellen, Kapugen, die Moschusochsen und die Wölfe, die sie jetzt in ein anderes Gebiet geführt hatte. Jetzt waren sie alle eine Familie.

»Sag mal, *Aapa*«, meinte Julie langsam und bedächtig. »Was machen wir, wenn die Wölfe zurückkommen und noch einen Moschusochsen töten? Jetzt, wo Amaroq bei uns ist, wirst du dann trotzdem noch nach dem Minnesota-Gesetz handeln? Ich meine, wirst du die Wölfe dann jagen?«

»Das muss ich tun«, antwortete Kapugen.

»Auch wenn wir jetzt einen kleinen Wolf bei uns zu Hause haben? Aber wenn du das tust, dann bringst du ja seine Brüder um.«

»Die Industrie funktioniert nach anderen Gesetzen«, sagte Kapugen. »Wir müssen die Moschusochsen genauso schützen wie ein Wolf seine Beute, die Pflanzen und seine Meute schützt.«

»Das ist ein schreckliches Durcheinander«, sagte Julie und runzelte die Stirn.

»So ist das eben nun mal in unserer modernen Welt«, antwortete Kapugen.

»Ach, *Aapa*«, sagte Julie und sah zu den Bergen hinüber. »Ich hoffe so sehr, dass die Karibus bald wieder zurückkommen.«

Nachdem sie gegessen hatten, legten sich Kapugen und Julie auf ihre Schlaffelle und zogen sich ihre Kapuzen über die Augen, um es ein bisschen dunkler zu haben. In der Tundra zwitscherte es sommerlich, denn die jungen Vögel sangen schon genauso laut wie ihre Eltern und zwischen den Beeren hüpften die Polar-Backenhörnchen hin und her.

Julie schloss die Augen, konnte aber nicht sofort einschlafen. Sie musste an das Baby Amaroq denken – und an Peter.

Ein paar Stunden später erwachte Julie vom Lärm eines Hubschraubers. Sie setzte sich auf. Die Luft vibrierte, und der Wirbelwind der Rotorblätter ließ ihre Haare zu Berge stehen und wehte ihr den Staub ins Gesicht. Julie rappelte sich auf und beobachtete, wie der Hubschraubermotor aufheulte und dröhnte. Dann setzte der Apparat keine fünfzehn Meter von ihnen entfernt zur Landung an.

Kapugen sprang auf und wedelte mit den Armen, um den Piloten auf sich und seine Tochter aufmerksam zu machen. Als der Pilot ihn entdeckt hatte, nickte er, flog nochmals auf und setzte den Hubschrauber zweihundert Meter weiter weg wieder auf den Boden. Kapugen und Julie sahen zwei Männer herauskletterten und auf sie zukommen.

»Guten Morgen«, rief der größere von beiden.

»Morgen.«

»Ich bin ziemlich überrascht, dass hier jemand ist. Entschuldigen Sie bitte, wenn wir Sie gestört haben.« Der Mann nahm Helm und Sonnenbrille ab, und Julie sah, dass er ein Weißer war.

»Ich bin Biologe«, sagte er. »David Bradford. Das hier ist Mark, mein Pilot und Assistent. Ich arbeite an einer Untersuchung über Elche. Um ihre Spuren verfolgen zu können, habe ich ihnen Halsbänder mit kleinen Sendern umgebunden. Dadurch möchte ich mehr über ihre Anzahl und ihre Verbreitung erfahren.«

Kapugen nickte.

»Einer von den Elchen muss sich hier ganz in der Nähe aufhalten«, meinte er. »Ich empfange ständig Signale auf meinem Gerät.« Dann lachte er in sich hinein. »Aber Sie beide sehen eigentlich nicht wie Elche aus.«

»Da haben Sie Recht, ich bin wohl kein Elch«, meinte Kapugen und blinzelte mit den Augen, »und meine Tochter Julie genauso wenig. Wissen Sie denn nicht, wann Sie einen Elch vor sich haben?« Kapugen lachte lauthals los. »Das ist wirklich ein guter Witz. Ein Biolge trifft auf zwei Eskimos und meint, er hat zwei Elche vor sich.«

»Ich muss zugeben, dass ich das eine Weile tatsächlich geglaubt habe«, sagte David und lachte ebenfalls. »Wir haben den Piepston gehört und sind ihm gefolgt. Als er am lautesten war, habe ich auf dem Boden einen großen Fellhaufen entdeckt, und ich habe zu Mark gesagt, dass dort ein Elch liegt. Wenn man unbedingt einen Elch sehen will, dann sieht man auch einen«, fuhr er fort und musste wieder lachen. »Haben Sie hier vielleicht zufällig eines von den Halsbändern mit den kleinen Sendern gesehen? Manchmal verlieren die Tiere sie und dann liegen sie irgendwo auf der Erde herum.«

Julie ging zu ihrem Rucksack und kramte darin herum. »Meinen Sie das hier?«, fragte sie und hielt das Halsband hoch.

»Donnerwetter«, staunte David, »das ist ja toll. Wo hast du das denn her?«

»Ich habe es bei einem Karibukalb gefunden«, antwortete sie. »Jedenfalls habe ich gedacht, dass es ein Karibu ist. Aber das Tier war schon eine ganze Weile tot und derart zerfetzt, dass ich es nicht genau sagen konnte.« Julie warf dem Weißen einen schelmischen Blick zu. »Wenn man unbedingt ein Karibu sehen will, dann sieht man auch eines.«

David lächelte und nahm das Halsband an sich. »Dieses Band hier habe ich vor nicht einmal einem Monat einem Kalb umgebunden«, sagte er. »Ich frage mich, wie der kleine Bursche umgekommen ist. Wahrscheinlich waren es Wölfe, was meinst du?«

»Wo haben Sie dem Kalb das Halsband denn umgebunden?«, fragte Julie.

»Am Colville, etwa dreißig Kilometer südwestlich von hier im Schwemmgebiet des Flusses.«

»Dann ist das Junge von einem Grisli getötet worden.«

»Das glaube ich nicht. Meiner Meinung nach waren das Wölfe«, korrigierte David Julie. »Ich habe dort unten ein Rudel gesehen.«

»Es waren sicher keine Wölfe«, widersprach Julie. »Zwischen Wainwright und dem Colville gibt es nur ein Rudel und das kenne ich gut. Es würde niemals das Schwemmland des Colville betreten. Das ist für die Wölfe tabu.«

»Du kennst dich mit Wölfen sicher gut aus, Julie«, sagte David und lächelte herablassend.

»Julie kennt sich mit Wölfen besser aus, als Sie es sich vorstellen können«, warf Kapugen ein.

David hatte immer noch dieses blasierte Lächeln im Gesicht.

»Dave«, meinte daraufhin Mark, »dieser Mann hier ist Kapugen, ein großer Jäger und Geschäftsmann. Wenn er oder seine Tochter etwas sagen, dann hat das Hand und Fuß. Soviel ich weiß, hat Julie mit Wölfen zusammengelebt, nachdem sie sich in der Tundra verlaufen hatte. Und nur deswegen hat sie überlebt.«

»Stimmt das wirklich?«, fragte David mit etwas mehr Respekt.

»Es stimmt«, sagte Kapugen.

David hatte immer noch Zweifel, holte sein Notizbuch heraus und suchte den Tag, an dem er das Kalb betäubt und ihm das Halsband umgebunden hatte. Dann trug er ein, wann er es wieder erhalten hatte. Nach einem Blick auf den Kompass notierte er auch den momentanen Standort und schrieb Julies Namen daneben. Die letzte Rubrik – *Todesursache* – ließ er leer.

»Könntest du mir auf dieser Karte zeigen, wo du die Sonde gefunden hast?«, fragte er Julie.

»Ja, kein Problem«, antwortete sie. Kapugen hatte dieselbe Karte an einer Wand in seinem Schlafzimmer hängen.

»Wir sind jetzt hier«, sagte David und wies mit dem Finger auf einen Punkt. »Und da habe ich dem Kalb das Halsband umgebunden.« Er deutete auf eine Stelle am Colville. Das Gelände stieg dort auf beiden Seiten des Flusses steil an und dahinter begann ein hohes Bergmassiv. Das war das Gebiet, durch das Julie ihre Wölfe geführt hatte. Jetzt musste sie nur noch die Stelle finden, an der die Wolfshöhle lag. Mit dem Finger folgte sie dem Flussverlauf auf der Karte.

»Hier ist es«, sagte sie. Das Kalb hatte sich fast fünfzig Kilometer vom Colville entfernt gehabt.

»Ein Grizzly also«, sagte David, der seine Meinung geändert hatte. »Die Wölfe bringen ihren Jungen Nahrung im Magen. Sie schleppen ihnen keine toten Beutetiere in die Höhle.«

»Bringen denn die Grizzlys ihren Jungen Futter?«, wollte Kapugen wissen.

»Um ehrlich zu sein«, antwortete David verlegen, »das weiß ich nicht. Möglicherweise nicht. Vielleicht ist das Kalb ja doch von einem Wolf getötet worden.«

»Das kann nicht sein«, sagte Julie. »An dem Tag, an dem Sie dem Elchkalb das Halsband umgelegt haben, waren die Wölfe in der Nähe von Kangik. Das Datum habe ich gerade in Ihrem Notizbuch gesehen.«

»Und woher willst du das so genau wissen?«, fragte David schnippisch.

»Ganz einfach, weil sie an dem Tag einen unserer Moschusochsen getötet haben«, sagte Kapugen.

»Und außerdem«, ergänzte Julie, »waren die Wölfe weit

vom Colville entfernt, als das Kalb getötet wurde. Zu dem Zeitpunkt haben die Wölfe nämlich am Avalik ein Junges gekriegt.«

»Aber warum sollte ein Bär ein Aas kilometerweit fortschleppen?«, überlegte David.

»Vielleicht hat er das ja gar nicht getan«, meinte Julie. »Möglicherweise hat der Grizzly das Kalb getötet und dann zu seinen Jungen gebracht. Nachdem sie sich satt gefressen hatten, sind sie fortgelaufen und haben das tote Tier liegen lassen, in der Absicht, später wieder zurückzukommen. Ein zartes Aas ist aber für viele Tiere verlockend. Vielleicht hat es ein Fuchs davongeschleppt oder womöglich auch ein Adler. Ich glaube aber eher, dass die Wölfe das tote Kalb gefunden und es für ihren Welpen als Spielzeug mitgenommen haben. Sie schleppen oft Spielzeug im Maul durch die Gegend. Sechzig Kilometer sind für einen Wolf ein Klacks.«

»Und wie kommt es, dass du den Kadaver gefunden hast?«

»Ich habe ihn gerochen«, antwortete Julie grinsend und war sich bewusst, dass sie damit nur die Hälfte der Wahrheit gesagt hatte.

Schließlich schrieb David in sein Buch: *Von Grizzlys getötet*. Er stellte Julie keine weiteren Fragen und bedankte sich bei ihr, denn er war hocherfreut über die vielen Informationen, die sie ihm gegeben hatte.

»Können wir Sie beide im Hubschrauber nach Hause mitnehmen?«, fragte er.

So ein Angebot war für Julie eine große Verlockung, weil sie noch nie in einem Hubschrauber mitgeflogen war.

»Das könnten wir doch, oder, *Aapa?*«, fragte sie.

»Haben Sie denn so viel Platz, dass wir auch den Hund mitnehmen können?«, fragte Kapugen.

»Kein Problem, wenn Sie ihn zwischen Ihre Beine nehmen«, antwortete Mark.

»Das lässt sich machen«, sagte Kapugen.

David und Mark gingen in Richtung Hubschrauber.

»Wo wir gerade von Bären sprechen«, meinte Kapugen, »da drüben ist die Dame ja.« Er deutete nach vorn.

Auf der andern Seite des Hubschraubers waren die Bärenmutter Aklaq und ihre beiden großen Jungen aufgetaucht. Mark zog vorsichtig sein Gewehr aus dem Futteral.

Die Bärin stellte sich auf die Hinterbeine. Vor dem Hintergrund ihrer roten Zunge hoben sich ihre schneeweißen, riesigen Zähne besonders gut ab. David sprang in den Hubschrauber. Mark wandte sich an Julie.

»Steig ein«, sagte er. »Ich verscheuche sie.«

Die Grizzlybärin brummte. Dann ließ sie sich auf ihre vier Beine hinunter und lief direkt auf den Hubschrauber zu. CB bellte und knurrte wütend. Kapugen packte ihn und warf ihn in den Hubschrauber. Mark duckte sich unter die Rotorblätter und brachte sein Gewehr in Anschlag.

Julie streckte die Arme aus, um dem Grizzly zu zeigen, dass sie Menschen waren.

Das Gewehr donnerte los.

Dem ersten folgte rasch ein zweiter Schuss. Die Bärin brüllte, startete einen Scheinangriff und stellte sich wieder auf die Hinterbeine. Bevor Mark einen dritten Schuss abfeuern konnte, winkte Julie mit beiden Armen und schrie Aklaq dabei an. Dann ging sie mit gesenktem Kopf auf das Tier zu und drohte der riesigen Grizzlybärin. Aklaq war von denm plötzlichen Angriff so überrascht, dass sie sich wieder auf alle Viere fallen ließ. Sehen konnte sie nicht besonders gut, aber ihr Geruchssinn war hervorragend. Sie roch den Pulverdampf, verstand Julies Botschaft und ihre tiefsten

Instinkte sagten ihr, dass sie ihre Jungen beschützen musste. Daher trottete sie zu ihnen zurück und erhob sich wieder auf die Hinterbeine, zum nächsten Angriff bereit.

Weil aber Julie einen Angriff signalisierte, senkte Aklaq ihre mächtigen Pfoten mit den spitzen, glänzenden Krallen und trollte sich, als wäre nichts passiert. Ihre Jungen tollten hinter ihr her.

»Braves Mädchen«, sagte Julie und ging rückwärts zum Hubschrauber zurück, um die Bärin nicht zu einem neuerlichen Angriff zu animieren. Dann hob sie ihren Rucksack hoch und kletterte neben Kapugen in die Kabine. CB leckte ihr das Gesicht.

»Woher wusstest du, wie man das macht?«, fragte Kapugen seine Tochter voller Stolz. »Ich hatte keine Ahnung, dass du einen Bären vertreiben kannst.«

»Das habe ich von den Wölfen gelernt«, sagte Julie. Kapugen nickte verständisvoll und seine Augen leuchteten freudig.

Dann heulte der Motor des Hubschraubers auf, die Rotorblätter knatterten und Julie stieg in die Luft.

Als der Hubschrauber laut brummend abhob, sah Julie Aklaq und ihre Jungen nach Süden in Richtung auf den Colville trotten. Über den dreien segelte ein Rabe dahin, der ausspähen wollte, ob die Bären vielleicht einen Lemming aufscheuchten oder einen Fisch fingen.

Um den Lärm des Hubschraubers zu übertönen, musste Kapugen fast schreien, als er David fragte, ob sie auf dem Heimweg noch eine Runde über den Colville drehen könnten. Er wollte im Vorgebirge nach vereinzelten Karibus Ausschau halten, um dann mit Malek auf die Jagd zu gehen. David nickte und bat Mark, den Kurs zu ändern. Schließlich war auch er an Informationen über die Karibus interessiert.

Das lärmende Luftfahrzeug neigte sich, hing einen Augenblick wie eine Seeschwalbe ruhig in der Luft und flog schließlich auf die Gipfel der Brooks Range zu. Wenn Julie hinunterschaute, konnte sie über viele Kilometer hinweg einen Berggipfel nach dem anderen sehen. Sie waren weiß und schroff wie die Zähne eines Lachses. Julie dachte, wie wunderbar es wäre, ein Tier zu sein, das in dieser rauen Schönheit überleben konnte.

Mark drückte die Maschine nach unten und flog langsam auf Höhe der Baumgrenze an den Bergen entlang. Nachdem sie einige Kilometer so geflogen waren ohne auch nur ein einziges Karibu gesichtet zu haben, signalisierte Kapugen Mark, dass er nun nach Kangik fliegen könne. Daraufhin drehte der Hubschrauber nach Norden und David wandte sich an Kapugen, der hinter ihm saß.

»Die Karibus sind drüben im Osten an der Prudhoe-Bucht«, brüllte er. »Ein paar von ihnen haben sich nach Süden aufgemacht, aber nicht in Richtung Kangik.«

»Aber im Herbst«, flüsterte Julie vor sich hin, »im Herbst müssen sie nach Kangik kommen.«

»Karibus sind unruhige Geister«, meinte Kapugen zu David. Dann wandte er sich an Julie und sagte: »Und wir schauen uns jetzt erst einmal das Baby an.«

Julies Augen strahlten vor Freude.

Der Hubschrauber setzte mit lautem Geräusch seiner Rotorblätter auf der Stahlblechpiste vor dem Hangar auf. David war immer noch ganz beeindruckt davon, wie Julie mit dem Bären fertig geworden war. Er schüttelte ihr die Hand und lud sie ein, ihn zusammen mit ihrem Vater doch einmal in Fairbanks zu besuchen. Er wollte ihr die Geräte zeigen, mit denen er die Signale der Sendehalsbänder auffing, und die Karten, die er für jeden einzelnen Elch angelegt hatte. Er könnte ihr eine Menge über das Verhalten der Elche erzählen, meinte er. Dann fügte er noch hinzu: »Oder vielleicht kannst ja auch du *mir* etwas erzählen.« Lächelnd winkte er ihr zum Abschied zu und schloss dann die Tür der Hubschrauberkanzel.

Julie winkte zurück und wartete ungeduldig darauf, dass der Metallvogel endlich vom Boden abhob und davonknatterte. Als er weg war, lief sie so schnell nach Hause, dass Kapugen ihr kaum folgen konnte.

»Ellen«, rief Julie und stürzte ins Wohnzimmer, »wo ist Amaroq?«

»Psst – er schläft gerade«, sagte Ellen und schlich auf Zehenspitzen zu der Wiege aus Karibufell, die von der Decke herabhing. Unter einer weißen, weichen Fuchsfelldecke konnte Julie nur Nase und Stirn des kleinen Jungen erkennen.

»Amaroq«, flüsterte Julie. »Amaroq.« Seine weiche Haut sah eher rosa als weiß aus, aber seine Haare waren eindeutig schwarz, und zwar sehr schwarz. Seine dunklen Wimpern ruhten auf den dicken, runden Wangen.

Julie stand einen Augenblick still vor ihm und dann begann sie leise zu singen:

»Lieber kleiner Amaroq,
wie schön, dich hier zu sehn.
Dein Kommen freut uns alle sehr,
das Rad kann sich nun drehn,
denn Eskimo und Wolf sind eins
und können sich verstehn.»

Julie sah den kleinen Amaroq lange an. Dann wandte sie sich an Ellen.

»Darf ich ihn mal hochnehmen?«

»Nein, jetzt nicht«, meinte Ellen. »Ein schlafendes Baby soll man auf keinen Fall aufwecken. Das hat schon meine Mutter gesagt.«

Julie entdeckte Kapugen erst, als er bereits neben ihr stand.

»Lieber, kleiner Amaroq«, sang auch er und griff in die Wiege, um den winzigen Jungen herauszuholen.

»Nein, Kapugen, lass ihn«, schimpfte Ellen. »Lass ihn bitte schlafen. Sonst kommt er völlig aus seinem Rhythmus.«

Aber Kapugen wiegte das Kind bereits in seinen Armen, küsste seine weichen Wangen und reichte es dann Julie. Sie drückte es voller Liebe an sich.

»Liebe Ellen«, sagte Kapugen und legte ihr den Arm um die Schultern, »Babys und Kinder brauchen einzig und allein Liebe, Liebe und nochmals Liebe.«

»Ach, Kapugen«, erwiderte Ellen. »Unser Kind muss erzogen werden, sonst wird es genauso wild wie das von Uma.«

»Oder noch viel wilder«, meinte Julie und küsste das Baby. »Er ist doch Amaroq, der Wolfswelpe. Er wird boxen und ringen und vielleicht sogar beißen. Und er wird so schnell wie der Wind laufen, wohin er will.«

Das Baby öffnete die Augen. Es hatte ovale Augen, so schwarz wie eine Neumondnacht. Damit sah er seine Halbschwester fragend an und Julie hatte den Eindruck, als wisse er genau, dass er einmal ihr Vater bei den Wölfen gewesen war.

Ellen streckte die Arme nach dem Baby aus, um es wieder

in ihre Obhut zu nehmen. Als Julie sah, dass Ellen sich Sorgen machte, legte sie Amaroq wieder in seine Wiege zurück und schaukelte ihn sanft, bis er wieder eingeschlafen war.

»Weißt du, Ellen«, sagte Julie leise und ohne den Blick von dem Baby zu wenden, »der kleine Amaroq wird zuschlagen, die Zähne fletschen und kämpfen. Er wird wie ein Karibukalb über die Tundra sausen. Du wirst ihn bestimmt für einen ungezogenen Jungen halten, aber er ist ein guter Kerl. Du brauchst ihn nur wie eine Wolfsmutter zu rufen und schon kommt er zurück. Ich habe das selbst gesehen.«

»Stimmt, ich habe es auch gesehen«, bestätigte Kapugen und überprüfte die Riemen, an denen er die Wiege aufgehängt hatte. Auf diese Weise war das Baby mitten im Raum und konnte alles miterleben.

Ellen sah zuerst ihr Kind an und dann Julie.

»Sag mal, Julie,«, sagte sie, »ich glaube, du bist der Meinung, dass die Seele deines Wolfs jetzt in meinem Sohn ist.«

»Das ist sie doch auch«, antwortete Julie ganz selbstverständlich. »Das hier ist Amaroq.« Dabei tätschelte sie seinen winzigen Kopf.

»Spürst du denn nicht, wie stark er ist?«, fragte Kapugen, nahm Ellens Hand und legte sie dem Baby auf den Bauch. »Er ist stark. Er wird seine eigenen Bedürfnisse dem Wohlergehen der Gemeinschaft unterordnen. Das macht jeder Wolf. Wölfe sind die einzigen Tiere, die eine Vorstellung vom Universum haben. Im Allgemeinen wissen die Menschen nichts davon. Amaroq ist da eine Ausnahme.«

»Am Anfang«, sagte Ellen, »hatte ich den Eindruck, als ob ihr beide wirklich glaubt, dass Amaroqs Seele auf unser Baby übergegangen ist.« Sie drehte sich von ihrem Mann weg. »Aber jetzt sehe ich, dass ich mich getäuscht habe.«

»Stimmt«, meinte Kapugen.

Er setzte sich auf die Karibufelle und zog Ellen vorsichtig zu sich herunter. Julie kreuzte die Beine und setzte sich daneben.

»Schließ die Augen, *Aaka*«, forderte Julie sie auf. »Kapugen und ich wollen dir eine Geschichte erzählen.«

Ellen griff nach Kapugens Hand und machte die Augen zu.

»Siehst du das Polareis?«, fragte Kapugen. »Siehst du, wie die Erde an ihrer nördlichsten Stelle anschwillt?«

Ellen nickte.

»Stell dir vor, du bist über dem Nordpol und schaust hinunter«, sagte Julie. »Unter dir erstreckt sich eine große Landmasse: Alaska, Kanada, Sibirien, Grönland und Lappland. Kannst du es sehen?«

»Ja«, antwortete Ellen. »Wenn man es von oben betrachtet und nicht von unten, wie auf unseren Landkarten üblich, dann erkennt man eine zusammenhängende Landmasse.«

»Siehst du auch das Eis, den Wind und die Tiere?«, fragte Julie.

Ellen hielt die Augen geschlossen und nickte.

»Es gab einmal eine Zeit«, erzälte Kapugen, »da liefen zwei Wölfe durch die Gegend und tollten herum. Damals gab es noch keine Menschen und kein Licht. In der Dunkelheit stand die Erde auf dem Kopf. Eines Tages erschien ein Rabe bei den Wölfen und befahl ihnen, sich festzuhalten. Der Rabe schwang sich in die Luft und schob damit die Erde ins Licht. Aus den beiden Wölfen wurden Eskimos und deswegen sind die Wölfe uns so verwandt. Genauso wie die Wölfe haben wir Anführer und wie die Wölfe ihre Welpen lieben, so lieben wir auch unsere Kinder. Und weil das so ist«, fuhr Kapugen fort, der spürte, dass Ellen immer noch nicht verstand, was er ihr mitteilen wollte, »tut sich ein Wolf leicht damit, seine Seele einem Menschenbaby zu übergeben, wenn wir das Kind nach diesem Wolf nennen. Das Kind und die Wolfsseele kommen gut miteinander aus.«

»Amaroq ist hier«, sagte Julie und tätschelte das Baby. Dann holte sie das Totem aus ihrer Tasche und hielt es Ellen hin. »Schau doch, er hat das Totem verlassen.«

Ellen öffnete die Augen, seufzte und bemühte sich sehr, das alles zu verstehen.

»Und jetzt, liebe Ellen«, sagte Kapugen langsam und vorsichtig, »versuch mal, einen kurzen Augenblick lang ein Wolf zu sein.« Ellen schloss die Augen wieder und mühte sich stirnrunzelnd ab, Kapugen zu folgen. »Jetzt mach die Augen wieder auf. Sieh, alles ist in Ordnung und Amaroq ist der kleine Kerl hier.«

Ellen blinzelte mit ihren graublauen Augen und riss sie dann weit auf. Sie sah von Julie zu Kapugen und dann auf ihr schlafendes Baby.

»Ich liebe euch beide so sehr«, meinte sie dann hilflos. »Aber ich habe den Eindruck, dass es Dinge gibt, die nicht für mich bestimmt sind. Ihr seht so vieles, was ich nicht sehen kann.« Auf ihrer Stirn hatten sich Schweißperlen gebildet und liefen an der Locke neben ihrem Ohr herunter. »Ich werde versuchen, mich den Eskimos mehr anzupassen.«

»Nein«, verbesserte Kapugen seine Frau. »Wir müssen uns bemühen, so wie du zu werden. Um heutzutage hier in der Arktis überleben zu können, müssen wir mit euch Geschäfte machen und eure Sprache lernen.«

Julie warf ihrem Vater einen argwöhnischen Blick zu. »Willst du damit sagen, dass wir uns ebenfalls nach dem Gesetz von Minnesota richten sollen?«, fragte sie. Die Angst schnürte ihr die Kehle zu und ließ ihre Stimme ganz leise werden.

»Das auch«, erwiderte Kapugen, und Julie begriff, dass ihr Vater für das Wohlergehen des Dorfes das Gesetz von Minnesota anwenden würde und dass sein Herz in diesem Punkt steinhart und der Entschluss unverrückbar war. Julie war beunruhigt. Wenn ihre Wölfe zurückkamen – und das würden sie tun; denn schließlich war das hier ihr Territorium –, dann würde Kapugen sie erschießen. Nichts anderes hatte er ihr soeben indirekt mitgeteilt.

Dann erwachte der kleine Amaroq und sein Gebrüll versetzte die Familie in Bewegung. Kapugen hielt ihn, während Ellen Badewasser für ihn warm machte und Julie zeigte, wie man ihm die Wegwerfwindeln anlegte.

Plötzlich stand Peter in der Tür. Weil niemand auf sein Klopfen reagiert hatte, war er einfach hereingekommen. Eine ganze Zeit lang stand er einfach nur stumm da.

Dann machte er einen Schritt auf Julie zu und flüsterte ihr ins Ohr: »Sind die Wölfe in Sicherheit? Ist es dir gelungen, sie zu einer Futterquelle zu lotsen?«

Julie drehte sich überrascht um und musste dann über sich selbst lachen, weil sie Peter vor lauter Baby gar nicht bemerkt hatte.

»Ja, das habe ich geschafft«, antwortete Julie und war froh darüber, dass Peter zu Besuch gekommen war. »Schau doch, Peter, das hier ist Amaroq Kapugen. Er hat nur einen Eskimo-Namen.«

Peter durchquerte schüchtern das Zimmer und betrachtete das kleine Baby, das schreiend auf dem Tisch lag und mit den Beinen strampelte.

»Sieht aus wie ein kleiner Leitwolf«, meinte er, und Julie und Kapugen lachten lauthals.

»Ich gebe mich geschlagen«, sagte Ellen. »Dann *muss* er wohl Amaroq sein. Findest du das auch, Peter?«

»Aber natürlich«, antwortete der.

Peter nahm eine silberne Rassel, die Ellens Mutter aus Minnesota geschickt hatte, und bewegte sie im Rhythmus eines Eskimoliedes. Kapugen begann zu singen, Julie summte und leise glucksend lauschte das Baby den Geräuschen der Welt, in die es hineingeboren worden war.

Nachdem der kleine Amaroq gewaschen, angezogen und gefüttert war, griff Peter nach Julies Hand und tanzte mit ihr in den *Qanitchaq* hinaus. Dort schloss er die Tür und gab ihr einen Kuss auf die Lippen. Julies Herz klopfte wie wild und ihre Wangen glühten. Sie trat einen Schritt zurück. Das also hatte Ellen gemeint, als sie gesagt hatte, dass Kapugen und sie sich ineinander verliebt hatten. Erst in diesem Moment begriff Julie, was das bedeutete.

»Julie«, sagte Peter leise, »jetzt, wo die Wölfe weit weg sind, ist ja vielleicht Platz für mein Anliegen.«

»Und was wäre das?«, wollte Julie wissen.

»Ich will nach Fairbanks gehen und dort studieren. Die Universität von Alaska hat mich angenommen.«

Julie spürte eine Woge der Enttäuschung, und Peter las ihr von den Augen ab, was in ihr vorging.

»Alles wird gut«, sagte er und streichelte ihr das Gesicht. »Wir werden nicht getrennt sein. Ellen hat deine Bewerbung an die Highschool nach Fairbanks geschickt und ist sicher, dass sie dich dort ebenfalls nehmen.«

Als sich Julie nach einer Weile wieder gefangen hatte, sagte sie: »Ich kann da nicht hingehen.«

»Aber du musst«, widersprach Peter.

»Weißt du, dass die Karibus sehr weit entfernt an der kanadischen Grenze sind?«

»Was heißt das?«

»Das bedeutet, dass sie nicht hier in die Nähe von Kangik

kommen. Und deswegen werden die Wölfe wieder herkommen und Kapugen wird sie töten.«

»Ich fürchte, es gibt keine Lösung für dieses Problem«, sagte Peter. »Du musst zur Schule gehen und mir kommt es so vor, als ob du das im Grunde genommen auch willst.«

»Du hast ja Recht«, antwortete Julie. »Eigentlich will ich schon.« Sie öffnete die Tür vom *Qanitchaq* ins Freie und die beiden liefen in die Sonne hinaus. »Am liebsten würde ich studieren und Lehrerin werden und den Eskimokindern *Yupik* und *Iñupik* beibringen. Viele von ihnen wissen heute kaum mehr, wer sie eigentlich sind, und die Eskimosprachen geraten immer mehr in Vergessenheit.«

»Dann musst du mich begleiten.«

»Und wer kümmert sich außer Malek um die Moschusochsen, wenn du und ich nicht mehr hier sind?«, fragte Julie. »Kapugen hat viel zu viel zu tun.«

»Malek hat seinen jungen Neffen gebeten, nach Kangik zu kommen«, meinte Peter.

»Ich muss hierbleiben«, sagte Julie noch einmal, und auf dem Weg zum baumlosen Flussufer dachte Peter nach.

»Pass auf, Miyax, du könntest doch auch in Barrow zur Schule gehen«, sagte er dann. »Mit dem Flugzeug ist es nicht weit und von dort aus könntest du am Wochenende nach Hause kommen und dich um die Moschusochsen kümmern.«

»In Barrow?«, fragte Julie und setzte sich in Kapugens Boot.

»Was ist los?«, fragte Peter und setzte sich neben Julie. »Du siehst aus, als ob du Angst hättest. Bitte sag mir, was los ist.«

Julie holte tief Luft. »Ich habe früher einmal in Barrow gewohnt, als ich verheiratet war«, antwortete sie. »Es war eine Heirat, die unsere Eltern nach einem alten Eskimobrauch vereinbart hatten.« Dann sah Julie Peter ins Gesicht. »Aber ich war nicht glücklich, weil mein Mann und ich uns nie verstanden haben.«

Peter griff nach ihrer Hand. »In Provideniya wärst du nicht verheiratet worden. Bei uns müssen beide Ehepartner in die Heirat einwilligen.«

»Das war bei uns nicht so«, stieß Julie ungestüm hervor. »Deswegen bin ich auch in die Tundra gegangen. Wir sind viel zu jung gewesen und ich war überhaupt nicht reif für eine Ehe. Darum habe ich Barrow verlassen, um zu Fuß nach Point Hope zu laufen und von dort aus mit dem Schiff nach San Francisco zu fahren. In Barrow würde ich mich nicht wohl fühlen.«

»Dann ist das noch ein weiterer Grund, der für die Schule in Fairbanks spricht!«, schwärmte Peter begeistert.

»Dafür ist es noch zu früh.«

»Liegt das an den Wölfen?«, wollte Peter wissen.

»Ja, es hängt viel mit ihnen zusammen«, antwortete Julie. »Und darüber hinaus kann ich mich doch auch von Ellen unterrichten lassen. Sie hat jede Menge Bücher und Schallplatten.«

Eine ganze Weile schwiegen sie alle beide.

»Ach, Miyax, komm doch mit nach Fairbanks«, bettelte Peter schließlich.

Julie stand auf und lächelte. »Peter«, sagte sie klar und deutlich, »sag bitte Malek, dass ich mich um die Moschusochsen kümmere, wenn du weg bist.«

»Aber wir lieben uns doch«, sagte Peter, stand auf und drückte sie vorsichtig an sich. Er umarmte sie und Julie legte ihren Kopf an seine Brust.

»Ich muss in Kangik bleiben«, sagte sie. Daraufhin küsste

Peter sie und hob mit einer Hand ihr Kinn, bis er ihr in die Augen sehen konnte. Sie hielt seinem Blick stand, ohne zu blinzeln.

»Wahrscheinlich hast du Recht«, sagte Peter und ließ die Hände sinken. »Ich glaube, ich verstehe, warum du in diesem Jahr nicht zur Schule gehen kannst. Aber du wirst mir fehlen.« Er blickte ins Leere, als würde er seine Zukunft jetzt in einem anderen Licht sehen. »Ich werde fleißig lernen; und dann komme ich zurück, heirate dich und wir machen ein eigenes Geschäft auf. Bestimmt können wir gut zusammen arbeiten.«

Julie lächelte und sah auf den Fluss hinaus, dessen schwarzes Wasser träge dahinfloss.

»Wann fährst du los, Peter?«

»Ich muss nächste Woche aufbrechen. Kapugen nimmt mich mit. Dann suche ich mir ein Zimmer und eine Arbeit bis zum Vorlesungsbeginn Ende August. Mein Englisch muss noch besser werden.« Er griff nach Julies Händen. Sie spürte seinen warmen Händedruck und sah das Leuchten in seinen Augen.

»Wir haben noch genügend Zeit, um zu heiraten, schöne Miyax«, meinte Peter.

»Es ist schon seltsam, Peter«, sagte Julie gedankenverloren. »Ich glaube, ich habe ein bisschen was von der weißen Kultur übernommen. Ich werde zwar wütend, wenn ich daran denke, dass Kapugen das Minnesota-Gesetz der Weißen hier anwenden will. Aber dass sie erst viel später heiraten als wir, finde ich eine gute Sache. Für mein Gefühl haben die Weißen da eine gute Methode entwickelt.«

Arm in Arm gingen sie zum Fluss und sahen den Weißfischen zu, die so schnell wie das Nordlicht in Wellen davoneilten. Peter kratzte sich am Kopf.

»Weißt du, Miyax«, sagte er dann, »ich glaube, du könntest ruhig mit mir nach Fairbanks gehen. Dein Vater wird Kapu nicht wirklich erschießen – jetzt, wo er doch über seinen Sohn Amaroq mit ihm verwandt ist. Ich bin sicher, dass er das jetzt nicht übers Herz bringen würde.«

»Doch, das würde er sehr wohl«, entgegnete Julie. »Er ist nämlich überzeugt davon, dass die Weißen mit ihrer Auffassung von den Wölfen und ihrer Beute Recht haben.«

»Ich verstehe das nicht«, sagte Peter. »Kapugen weiß doch, dass wir mit der Natur im Einklang leben müssen und dass es uns nicht zusteht, sie beherrschen zu wollen.«

Julie blickte den hochgeschossenen jungen Mann mit den hohen Wangenknochen und der bronzefarbenen Haut an und spürte, wie sehr sie ihn mochte. Und sie war sich sicher, dass er nach der Universität wieder zu ihr zurückkommen würde.

Dann reiste Peter aus Kangik ab. Er gab Julie einen Abschiedskuss und drückte sie so eng an sich, dass sie bereits wieder überlegte, ob nicht doch die Traditionen der Eskimos besser waren als die der Weißen. Schließlich würde es eine ganze Reihe von Jahren dauern, bis sie mit der Highschool und dem College fertig war. Julie seufzte nachdenklich. Für ihr Gefühl liefen die Lebensformen der Weißen den Gesetzen der Natur zuwider.

In Kangik jedenfalls regierte immer noch die Natur. Die Moschusochsen mussten gefüttert werden und Ellen brauchte Hilfe bei ihrem Baby Amaroq. Außerdem waren die Wölfe immer noch irgendwo da draußen in der winddurchbrausten Graslandschaft. Wenn die Karibus auf ihrer Wanderung im Oktober nicht in der Nähe von Kangik vorbeikamen, dann würden die Wölfe wieder zu einer Bedrohung für die Moschusochsen werden und damit selbst in Gefahr geraten.

Fast jeden Abend ging Julie weit den Fluss hinauf und stimmte ihr Geheul an, durch das sie den Wölfen mitteilte, dass sie hier war. Dann wartete sie, hielt die Luft an und lauschte. Wenn das Rudel nicht antwortete, atmete sie erleichtert aus. Nur so konnte Julie sicher sein, dass die Wölfe an diesem Abend nicht zurückgekehrt waren.

Anfang September begann es zu schneien und der Schnee blieb liegen. In diesem Monat verloren die Karibus den Bast ihrer Geweihe. Der Fluss fror wieder zu und nach und nach vereiste die gesamte Arktis.

An einem klaren Nachmittag berichtete jemand im CB-Funk, dass in einer kleinen Bucht nördlich des Icy Cape eine Menge *Aiviq* gesichtet worden seien. Für die Bewohner von Kangik waren das gute Nachrichten, denn obwohl Walrosse nicht gerade zu ihren Lieblingsessen zählten, waren sie doch nahrhaft und vor allem lag die Bucht in Reichweite des Dorfes.

Walrosse schwimmen ständig mit dem Eisfluss des Arktischen Ozeans, der im Uhrzeigersinn den Nordpol umkreist. Als Kapugen von den Tieren am Icy Cape hörte, befanden sich die Walrosse gerade auf dem Weg von ihren Futterplätzen, an denen sie im Sommer lebten, zu den Überwinterungsplätzen im Beringmeer. Dort würden sie nach essbaren Muscheln tauchen und träge am Strand herumlümmeln, bis das Tauwetter sie wieder in den Norden trieb.

»Hallo, Atik, schönen guten Tag. Kannst du mich hören?«, fragte Kapugen in das Funkgerät. »Was hältst du davon, wenn wir für die Bewohner von Kangik auf *Aiviq*-Jagd gehen?«

»Das ist eine gute Idee, Kapugen! Ich komme mit!«

Kapugen schirrte die Hunde an einen Schlitten, der mit Jagd- und Campingausrüstung beladen war. Hintendran hängte er einen weiteren Schlitten, auf den er sein Boot aus Robbenfell befestigte. Voller Vorfreude auf die letzte Jagd im Jahr kam Kapugen zu Julie.

»Wie ist es, Miyax«, fragte er, »willst du nicht mitkommen? Gerade beim Lager und mit den Hunden könnten wir deine Hilfe gut brauchen.«

Julie war stolz darüber, dass sie gefragt wurde, und rutschte von ihrem *Iglek* herunter. Dann zögerte sie einen Moment. »Aber wer hilft Ellen?«, wollte sie wissen.

»Uma kann kommen«, antwortete Kapugen. »Sie kümmert sich auch um die Moschusochsen, solange wir weg sind.«

Julie zögerte immer noch.

»Ach, komm schon, kleine Miyax«, drängelte ihr Vater mit leuchtenden Augen. »Ich habe mit David Bradford gesprochen, und er hat erzählt, dass er die Wölfe von Kangik erst gestern gesehen hat.«

»Und wo ist das gewesen?«

»Sie haben unten im Schwemmland einen Elch gerissen.« Kapugen musste lächeln. »Du hast die Wölfe glücklich gemacht.«

Als sie das hörte, schlüpfte Julie sofort in ihre wärmsten Kleidungsstücke und merkte, wie sehr sie sich auf die Fahrt hinaus auf das zugefrorene Meer freute, das die spirituelle Heimat der *Yupik*-Eskimos war.

Weil der kleine Amaroq herumquäkte, hob Julie ihn hoch, klopfte ihm auf seinen geraden, kräftigen Rücken und summte ihm etwas vor. Ellen kam eilig aus dem Schlafzimmer herbei.

»Bitte, Julie, lass ihn schreien«, sagte sie. »Er muss einen regelmäßigen Tagesablauf und Disziplin lernen.«

Julie respektierte Ellens Wünsche. Sie küsste den Kleinen, legte ihn in die Wiege zurück und eilte in den *Qanitchaq*, um sich die Schuhe anzuziehen. Ihr fiel es sehr schwer, den kleinen Kerl brüllen zu lassen.

Im spätnachmittäglichen Dämmerlicht machten sich Julie, Kapugen und Atik zu ihrer Fahrt über die gefrorene Tundra auf. Abends rasteten sie an einem viel besuchten Lagerplatz der Eskimojäger. Am darauf folgenden Nachmittag erreichten sie die Bucht.

Julie half Atik dabei, das Zelt aufzustellen, und Kapugen robbte derweil auf dem Bauch zu einem Erdwall oberhalb des Strands. Er winkte ihnen und zeigte, dass er auf einer Eisscholle vor der Küste neun Walrosse entdeckt habe.

»Wie viele sollten wir deiner Meinung nach fangen?«, wollte Atik wissen, als Kapugen wieder zurück war.

»Zwei reichen für uns aus«, antwortete Kapugen. »Mehr brauchen wir nicht.«

»Und was ist mit dem Elfenbein?«, fragte Atik. »Für zwei Paar Fangzähne bekommen wir eintausendvierhundert Dollar für unsere Handelsgesellschaft. Für sechs Paar wären das viertausendzweihundert Dollar.»

»Zwei reichen«, sagte Kapugen und hob seinen Kopf wie ein Leitwolf. Mehr brauchte er nicht zu sagen, Atik verstand ihn auch so, und die Angelegenheit war damit beschlossen.

»Miyax«, sagte Kapugen zu Julie, »jetzt brauche ich deine Hilfe. Da draußen auf der Scholle sitzt eine Walrosskuh, deren Kalb Probleme hat, weil es in eine Eisspalte gerutscht ist. Wenn wir schießen, taucht die Herde ab und das Junge treibt an Land. Aber wir werden uns nicht um das Kleine kümmern können. Ich möchte, dass du das übernimmst.«

»Ich kann es versuchen«, antwortete Julie. »Ich weiß zwar nicht, wie sich Walrosse miteinander verständigen, aber wahrscheinlich verstehen sie *Yupik*. Schließlich hören sie das seit zehntausend Jahren an allen Eismeerküsten.«

Kapugen lächelte Julie an.

»Walrosse machen *muuh*«, meinte Atik und zwinkerte ihr zu.

»Also, dann los«, sagte Kapugen und legte sich auf den Bauch, sodass ihn die Tiere nicht sehen konnten. Julie und Atik machten es ihm nach. Obwohl die Sonne bereits untergegangen war, blieb es noch ein paar Stunden hell. Zu dieser Zeit im Jahr leuchtete das Abendrot noch bis fast neun Uhr. Die Temperatur lag so um die minus fünfzehn Grad. Die drei robbten geräuschlos den Erdwall hinauf.

Plötzlich ertönte ein lautes, hämmerndes Geräusch. Julie hob den Kopf und Kapugen stemmte sich hoch. Die Hunde bellten leise und verkündeten damit, dass sie nicht wussten, was sich um sie herum in der Dämmerung tat. Als Nächstes war ein schmerzerfülltes Brüllen zu hören.

»Das ist ein Schrei der Verzweiflung«, sagte Kapugen und die drei robbten sich mit Hilfe ihrer Ellenbogen und Zehen geräuschlos den Wall hinauf. Oben konnten sie auf das Wasser hinaussehen, das mit einer dünnen Eisschicht bedeckt war, und sie erkannten neun erwachsene Walrosse auf einer Eisscholle vor der Küste. Acht von ihnen waren männliche Tiere, das neunte eine riesige Walrosskuh, deren fetter Nacken und Schultern in Falten herunterhingen. Sie bellte und hieb auf die Eisscholle ein. Dabei benutzte sie ihre beiden beeindruckend großen, leuchtend weißen Hauer als Axt. Während sie versuchte, ihr Junges aus der Spalte zu befreien, flogen Eisbrocken durch die Luft, die so groß wie Schneegänse waren. Während die Kuh das Eis vor den

Augen ihrer Artgenossen zerkleinerte, hielt sie mit ihren elastischen Hinterflossen das Gleichgewicht.

Neben ihr lümmelten zwei riesige Walrossbullen herum.

Kapugen warf Atik einen Blick zu. Atik sah Kapugen an. Kapugen befahl mit seinem Blick: »Wir schießen«, und das taten sie dann auch. Einen Augenblick später war alles vorbei, und auf dem Eis lagen zwei tote Bullen. Genau so, wie Kapugen es vorausgesagt hatte, sprang der Rest der Herde von der Scholle und krachte durch das matschige Eis ins purpurrot gefärbte Wasser. Einzig die Walrosskuh rührte sich nicht vom Fleck. Sie schien die Schüsse auf die anderen Tiere gar nicht mitbekommen zu haben und hieb unbeirrt weiter auf das Eis ein, um ihr Junges zu befreien.

Auch als Kapugen und Atik ihr Boot aus Seehundsfell eilends ins Wasser ließen, zeigte die Walrosskuh keine Reaktion. Und selbst als Julie ins Boot zu den Jägern stieg und lospaddelte, hieb das Tier noch immer auf das Eis ein.

Kapugen sprang auf die Scholle und befestigte ein Seil an einem der toten Bullen. Atik brachte den zweiten in Sicherheit. Julie kroch unterdessen nach vorn und wollte versuchen, das Kalb mit einem Lasso aus der Spalte herauszuziehen. Erst in diesem Moment wurde die Mutter aufmerksam. Zuerst brüllte sie Julie und Kapugen an, dann klappte sie ihr Maul ein paar Mal hintereinander auf und zu, was das hämmernde Geräusch verursachte, das die drei vorhin gehört hatten. Als Nächstes startete die Walrosskuh einen Scheinangriff.

Kapugen und Julie blieben wie angewurzelt stehen. Das Walross glotzte die beiden aus traurigen Augen an, wandte sich ab und hieb dann wie wahnsinnig auf die andere Seite der Eisspalte ein. Bis Julie ihr Seil zum Wurf aufgewickelt hatte, war die Seeseite der Eisscholle durch die enormen

Walrosshauer bereits völlig zertrümmert. Das Kalb kam frei und rutschte ins Wasser. Die Mutter sprang sofort nach, hob das Kleine auf ihren Rücken und schwamm davon.

»So viel zu meinem Teil der Arbeit«, sagte Julie und sah der Mutter und ihrem Jungen zu. »Sie hätte überhaupt keine Hilfe gebraucht.« Sie lächelte voller Bewunderung.

Kapugen legte seiner Tochter die Hand auf die Schultern. Sie blickte auf und erkannte, dass er, während er der furchtlosen Walrosskuh beim Wegschwimmen zusah, über etwas nachdachte. Auch als die beiden längst zwischen den Eisschollen verschwunden waren, hatte Kapugen seine Augen immer noch auf die Stelle geheftet, an der Kuh und Kalb verschwunden waren. Nach langem Schweigen sagte er dann endlich: »Vor langer Zeit haben mir unsere Ältesten einmal erklärt, dass wir alle miteinander verwandt sind.« Er deutete der treu für ihr Junges sorgenden Walrosskuh hinterher. »Sie hatten Recht, sie hatten wirklich Recht.«

»Das finde ich auch«, sagte Julie. »Sie hatten wirklich Recht.«

Julie hatte den Eindruck, dass irgendwas mit Kapugen passiert sein musste, weil er so verändert wirkte. Hier an der öden, einsamen Küste hatte ihn diese Walrosskuh aus der Welt der Weißen herausgerissen. Julie ließ ihre Hand in die seine gleiten und wärmte sich ihre kalten Finger.

Inzwischen waren die drei in eine extrem gefährliche Lage geraten. Eine Hälfte der Eisscholle war davongetrieben und die andere Hälfte, auf der sie standen, begann sich zu neigen. Die festgebundenen toten Walrosse rutschten bereits langsam über die Scholle. Kapugen ließ eines davon mitsamt dem Seil ins Wasser gleiten und versuchte so, die Scholle zu stabilisieren. Aber dafür war es bereits zu spät. Die Scholle neigte sich immer weiter. Daraufhin zog auch

Atik sein Walross ins Wasser und sprang ins Boot. Kapugen hob Julie hoch, warf sie ebenfalls ins Boot und sprang hinterher.

Mit den beiden tonnenschweren Walrossen im Schlepptau paddelten sie mühsam an die Küste zurück. Hinter ihnen neigte sich die Eisscholle noch weiter, stand einen kurzen Augenblick wie ein untertauchender Wal senkrecht in der Luft und kippte dann um. Julie erkannte, dass das Eis auf Atiks Walross fallen und damit das Boot mitsamt Besatzung ins Wasser reißen würde. Mit einer raschen Bewegung trennte sie das Seil mit ihrem *Ulu* entzwei. Im nächsten Augenblick donnerte die Eisscholle auf den Walrossbullen herab und drückte ihn unter die Meeresoberfläche. Kapugen warf Julie einen dankbaren Blick zu.

Schließlich erreichten sie die Küste. Kapugen und Atik sprangen an Land und zogen das zweite Walross an den Strand. Einen Augenblick standen die drei Jäger still da und betrachteten das riesige Tier. Jeder hing dabei seinen eigenen Gedanken nach.

Nach einer Schweigeminute zog Kapugen sein Männermesser heraus und schlitzte dem Walross den Bauch auf. Er griff in den noch warmen Leib, tastete nach dem Herzen, schnitt es dann heraus und trug es ans Wasser.

»Großer *Aiviq*«, sagte er. »Ich habe deinen Körper geborgt. Mein Fleisch ist auch das deine.« Er warf das Herz in die Wellen. »Hiermit übergebe ich deine Seele wieder dem Meer. Deiner Wiedergeburt möge nichts im Wege stehen.«

Nach dieser Ehrbezeugung stiegen Kapugen und Atik in das Boot, um hinauszupaddeln und das andere Walross hereinzuholen. Ein Tier zu töten und es dann nicht zu verwerten war für sie etwas sehr Schlimmes. Die beiden Männer paddelten um die Scholle herum und suchten das Wasser ab, aber das tote Walross blieb verschwunden.

»Bitte verzeih mir, *Aiviq*«, sagte Kapugen leise und langsam. »Bitte entschuldige, dass ich verschwenderisch war. Zur Strafe dafür, dass ich dich verloren habe, werde ich daheim viermal um das Haus laufen.«

Julie lauschte und spürte, wie sich tiefer Frieden in ihr breit machte. Das war der Vater, den sie in Erinnerung hatte.

»Auch ich bitte um Verzeihung, *Aiviq*«, sagte Atik. »Dein Fell hätte eine wunderbare Bespannung für ein Boot ergeben, deine Eingeweide Regenkleidung und dein Fleisch wäre mein Fleisch geworden. Bitte verzeih mir.«

Als sie wieder oben am Strand waren, entfernten Kapugen und Atik die beiden glatten, weißen Hauer und zerteilten das riesige Tier in kleinere Portionen, um es nach Kangik zurücktransportieren zu können.

Während sie die Beute zum Schlitten schleppten, meinte Kapugen zu seinem Freund: »Du kannst dein Boot mit dem Fell von diesem Walross bespannen.«

Atik lächelte dankbar. In der Eskimosprache gibt es keinen Begriff für »danke«, weil keiner einem anderen etwas gibt, um dafür einen Dank zu erhalten. Die Menschen geben, weil sie selbst Freude daran haben. Einen Dank dafür zu bekommen ist unwichtig.

Nachdem Fell und Fleisch auf dem Schlitten verstaut waren, packte Atik auch noch die Eingeweide dazu.

»Daraus kann Uma einen wunderbaren Regenmantel für den kleinen Amaroq nähen«, erklärte er. »Sie hat jedenfalls angekündigt, dass sie das vorhat, wenn ich ein *Aiviq* mit nach Hause bringe.«

Im Stockfinstern zündete Atik den Gaskocher an und legte ein großes Stück Walrossfleisch in einen Topf, um die

Jagd mit einem Festessen zu krönen. Dann fütterte Julie die Hunde ebenfalls mit Walrossfleisch. Glücklich und schwanzwedelnd fraßen sie es in sich hinein. Die Sterne strahlten wie riesige, silberne Lichter am Himmel, während die Jäger ihren Festschmaus aßen und der Mond langsam über den Himmel wanderte. Gedankenverloren blickte Kapugen hinauf.

Am nächsten Morgen packten sie Fleisch, Elfenbein, Zelt und Jagdausrüstung zusammen und steuerten die Hunde wieder Richtung Kangik.

»Und los«, rief Julie, woraufhin sich die Hundemeute mit CB an der Spitze mit viel Gebell und wilden Sprüngen in Bewegung setzte. Das Walross hatte ihnen allen neue Energie verliehen.

Rasch wurden die Tage immer kürzer.

Am ersten November sagte Julie zu Ellen: »*Taggaqtugik*. Das ist der Eskimoname für den Monat, in dem die Seen zugefroren sind und man sein Spiegelbild auf dem Eis sehen kann.«

»Das klingt hübsch«, meinte Ellen und trug Amaroq auf dem Arm hin und her, damit er ein Bäuerchen machte.

»Die Wale sind jetzt in das südliche Beringmeer gewandert und die trächtigen Eisbären wandern ins Landesinnere, um dort Höhlen in den Schnee zu graben. Jetzt kommt der Monat, in dem die Seehunde unter dem Meereis hin und her schwimmen und bis auf die Schneeeulen und die Lummen alle Vögel weggezogen sind.«

»Ja, und jetzt kann man nur noch Eisfischen, andere Tiere zum Jagen sind nicht mehr hier«, ergänzte Ellen.

Am achtzehnten November blieb die Sonne zum ersten Mal den ganzen Tag unter dem Horizont und alles – der

Schnee, die Fußspuren, die Schatten – wurde auf einmal blau. Die Nordpolarnacht bestand aus einer Vielzahl blauer Farbtöne.

Jeden Werktag gingen Julie, Ellen und der kleine Amaroq zur Schule. Ellen legte das Baby auf ein warmes Eisbärfell auf den Tisch und begann mit dem Unterricht.

Weil das Baby die Lehrerin inspirierte, lernten ihre Schüler, zehn Kinder in unterschiedlichem Alter, englische Sätze wie: »Das Baby entdeckt seine Zehen« oder: »Ein Baby braucht Windeln.« Julie wiederum brachte den Kindern bei, wie das auf *Iñupik* oder *Yupik* hieß. Julie lehrte die Kinder auch, wie man fünf Babyfinger und fünf Babyfinger zusammenzählt und damit auf zehn kommt. In der nächsten Stunde ging es dann darum, vier Babyzehen von fünf abzuziehen und Ellen brachte der Klasse das Lied *Das Land im Norden* bei.

Das Unterrichtsministerium von North Slope hatte noch eine wichtige Unterrichtsstunde vorgesehen: In der bekam jedes Kind zehn Dollar und kaufte sich damit eine Aktie in der »Kangik Schul-Handelsgesellschaft«. Als Nächstes kam Marie in die Schule und brachte alles zur Herstellung von Eskimo-Doughnuts mit. Das Mehl und die anderen Zutaten hatte sie mit einem Scheck der Schulgesellschaft bezahlt, der durch die Einlagen der Kinder gedeckt war. Dann backte sie mit den Schülern zusammen Doughnuts. Als sie fertig waren, liefen die Kinder durch die Dunkelheit in den Ort und verkauften das Gebäck an die Leute von Kangik. Mit dem Geld, das sie dafür einnahmen, bezahlten sie zunächst einmal der Schul-Handelsgesellschaft die Zutaten zurück. Dann erhielt jedes Kind fünf Cent Rendite und der Rest ging als Gewinn an die Handelsgesellschaft. So lernten die Kinder auf spielerische Weise, wie die von den Eskimos betriebenen Handelsgesellschaften funktionierten, die es seit 1971 in Alaska gibt.

Im Dezember traf ein Brief von Peter an die Kinder von Kangik ein und Ellen bat Julie, ihn laut vorzulesen.

»Liebe Freunde«, begann der Brief. »Ich sitze gerade in Fairbanks in einer Studentenbude auf dem Campus der Universität von Alaska. Unsere Mahlzeiten nehmen wir in einem riesigen Speisesaal ein. Wir haben viel Unterricht. Ich lerne Englisch, Biologie, Mathematik und Soziologie. Jedes Fach wird in einem anderen Gebäude unterrichtet.

Miyax bat mich, euch etwas von meinem Dorf in Sibirien zu erzählen. Ich glaube, ihr würdet euch dort sehr wohl fühlen, weil es dort fast genauso aussieht wie in Kangik. Mein Vater trägt *Maklaks* und einen Anorak und er jagt Eisbären und Walrosse. Meine Mutter trägt eine Tracht, die bei uns seit Generationen üblich ist, und sie kümmert sich um unser Essen. Wenn wir russischen Eskimos auf die Jagd gehen wollen, müssen wir uns Gewehre von der Regierung leihen. Nach der Jagd müssen wir zusammen mit dem Gewehr auch die leeren Patronenhülsen wieder abgeben. Deswegen jagt mein Vater lieber mit Fallen und mit dem Speer.

Ich vermisse euch sehr.« Ehe Julie sich versah, las sie auch noch den Schluss: »Sagt Julie, dass ich sie liebe und dass ich immer ihr Partner sein werde. Euer Freund Peter.«

Julie wurde knallrot und hob den kleinen Amaroq hoch, um ihre Verlegenheit zu verbergen.

»Peter liebt Julie«, sagte Bessie, die achtjährigen Adoptivtochter von Marie, und die Kinder kicherten und begannen zu singen. Ellen klatschte in die Hände und der Unterricht war zu Ende. Julie half den Schülern in die warmen Overalls, wobei die Kinder nicht aufhörten, sie zu necken. Dann wurden alle nach Hause geschickt.

Nachdem das letzte Kind den Reißverschluss seines Anoraks zugezogen hatte und in der windigen Kälte und Dunkelheit verschwunden war, begann der zweite Teil des Schultags. Ellen brachte Julie Geschichte und Mathematik bei, während sie im Gegenzug *Yupik* und *Iñupik* von Julie lernte.

Als sie fertig waren, klappte Julie ihr *Iñupik*-Englisch-Wörterbuch zu und zog Peters Brief wieder aus der Tasche. Sie betrachtete ihn mit einem schüchternen Lächeln.

»Was hältst du von Peter, *Aaka?*«, fragte Julie.

»Ich mag ihn gerne«, antwortete Ellen.

»Warum sagt er andauernd, dass er mich liebt?«

»Weil er es wohl so empfindet.«

»Aber er geht doch die ganze Zeit zur Schule. Und wenn die Karibus nach Kangik zurückkommen, muss ich auch zur Schule gehen. Wir können gar keinen Iglu bauen.«

»Liebst du ihn denn?«

»Noch nicht«, meinte Julie. »Kapugen würde das nicht erlauben.«

»Aber Julie«, sagte Ellen entsetzt, »warum sagst du so etwas? Du weißt doch genau, Kapugen will, dass du erwachsen wirst und einen Mann heiratest, den du liebst. Das musst du doch wissen.«

»Ja, stimmt schon. Aber gleichzeitig hindert er mich auch daran.« Julie legte das Wörterbuch auf den Tisch. »Ich muss hier in Kangik bleiben, sonst erschießt er die Wölfe. Solange er immer noch das Minnesota-Gesetz im Kopf hat, kann ich weder über Peter noch über die Schule nachdenken.«

»Ach, Julie«, sagte Ellen und sah zu Amaroq hinüber, der leise vor sich hin gluckste. »Es tut mir weh, wenn du so etwas sagst.«

Julie schaute die Frau ihres Vaters an. Sie liebte ihre Stiefmutter über alles, aber die weiße Frau wusste eben nicht, was jeder Eskimo von Geburt an weiß: Dass Menschen und Tiere nun einmal miteinander leben und das gegenseitige Wohlergehen im Auge haben müssen.

Anfang April brachte ein warmer Ostwind Regen, der den Schnee in Matsch verwandelte. Die Dorfbewohner legten ihre schweren Winteranoraks ab, trafen sich auf dem Gemeindeplatz und spazierten am Fluss entlang. Jeder überlegte, ob der zeitige Frühling wohl die Karibus in die Nähe von Kangik bringen würde.

Dann jedoch fegte ein eiskalter Sturm über das Land und legte alles lahm. Innerhalb von einer Stunde waren Boden, Schneematsch und Wasser wieder steinhart gefroren und ein Eisregen überzog die Häuser von Kangik, die Boote und die Schlitten mit einer glasigen Hülle aus Eis. Die Türschlösser waren zugefroren, jeder Schritt konnte mit einer Bauchlandung enden und die Vorratskeller im Boden ließen sich fast nicht mehr öffnen. Dies war das denkbar schlechteste Wetter in einem Land, in dem auch so schon unmögliche Wetterbedingungen herrschen.

Fast einen Monat lang zeigte das Thermometer fünfunddreißig Grad unter null. Bei dieser Temperatur konnte Kapugens Flugzeug nicht starten, langsam gingen in Maries Laden die Vorräte zur Neige und die Lebensmittelversorgung wurde zu einem Problem. Da Atik aber immer noch gefrorenes Walrossfleisch auf seinem Schlitten hatte, gab er über sein Funkgerät durch: »Bei Atik gibt es noch Walrossfleisch. Wer welches will, soll zum Schlitten hinter meinem Haus kommen. Ende.« Kurz nach dieser Ankündigung öffneten sich sämtliche *Qanitchaq*-Türen und dann rutschten und schlitterten Kinder mit Plastiktüten und Erwachsene mit Töpfen in Richtung Atiks Haus, um scin Angebot anzunehmen.

Eines Nachts brach die Stromversorgung zusammen und Marie kam zu Kapugen um ihm mitzuteilen, dass der Diesel für den Generator ausgegangen war. Die Dorfbewohner zündeten Kerzen an, um wenigstens ein bisschen Licht zu haben, und bereiteten ihr Essen auf dem Campingkocher zu. Die Kohle-Öl-Heizungen wurden gedrosselt, um Brennstoff zu sparen. Die Wetterstation meldete noch immer keine Besserung.

Viele Kinder wurden krank vor Hunger. Als das Thermometer im Hangar minus achtundzwanzig Grad zeigte, zündete Kapugen die Kerosinöfen an, um sein Flugzeug aufzutauen. Die Männer aus dem Dorf halfen ihm, die Piste eisfrei zu machen und dann flog er mit Malek nach Barrow, um Vorräte zu holen. Als er das Haus verließ, rief Ellen ihm noch nach: »Ich brauche dringend Pampers, bitte bring unbedingt Pampers mit.«

In Barrow mietete sich Kapugen eine Beaver, ein robustes Transportflugzeug, das mit den niedrigen Temperaturen besser zurechtkam. Dann kaufte er Benzin, Heizöl, Luzerne für die Moschusochsen und kistenweise Lebensmittel und bezahlte alles mit einem Scheck der Gemeinde. In der amerikanischen Wetterstation in Barrow hieß es, dass es an diesem Tag schönes Wetter geben würde, allerdings bei minus dreißig Grad.

»Gutes Flugwetter«, meinte Kapugen. »Am besten drehen wir eine Schleife über die Gipfel der Brooks Range, um zu schauen, ob die Karibuherden schon nach Norden ziehen.«

Die große Beaver erhob sich brummend in die Luft und Kapugen nahm als Erstes Kurs nach Süden zum Colville. Aber weder in den Ausläufern des Gebirges noch am Fluss war irgendwo auch nur ein einziges Karibu zu sehen.

Auf dem Weg nach Kangik zurück machte Kapugen einzig und allein eine Gruppe Raben und einen einsamen Vielfraß aus. Das war alles. Keinen Elch, kein Karibu. Enttäuscht flog er nach Hause und landete sicher auf der immer noch vereisten Piste.

Eigentlich hatten Kapugen und Malek die anderen Dorfbewohner bitten wollen, ihnen beim Ausladen behilflich zu sein, aber das war gar nicht nötig, denn jeder hatte die Beaver kommen gehört. Männer und Frauen zogen mit ihren Schlitten im Schlepptau hinaus zum Flugfeld.

Erst als der Generator wieder lief und alle Vorräte im Lager verstaut waren, ging Kapugen nach Hause zu Julie und Ellen. Und weil er es nicht über die Lippen brachte, dass die Karibus in diesem Jahr wieder nicht kommen würden, nahm er den schlafenden Amaroq hoch und wiegte ihn in seinen Armen. Das Baby machte die Augen auf.

»Ich möchte dir ein Lied vorsingen«, sagte Kapugen zu seinem kleinen Sohn. »Hör gut zu.

Ach, Karibus, wann kommt ihr, wann?
Wir warten doch so sehr.
Ob dunkler Wald, ob tiefer Tann,
Gebirge oder Meer –
wir suchen euch schon überall,
die Keller sind bald leer.«

Dann drückte er das Baby an sich und tätschelte seinen festen Körper.

»Ach, Karibus, wann kommt ihr, wann?
Die Kinder hungern sehr.
Ob dunkler Wald, ob tiefer Tann,

Gebirge oder Meer –
wir suchen euch schon überall,
die Keller sind bald leer.
Doch ihr kommt nicht nach Kangik her,
Aya, ya, ya, ihr kommt zu uns nicht mehr.«

»Aya, ya, ya«, sang Julie traurig und hatte Angst um das Wohlergehen des Dorfes. »Ihr kommt nicht nach Kangik her.«

»Aya, ya, ya«, sang auch eine Stimme aus dem *Qanitchaq*. Kapugen reichte Julie den kleinen Amaroq und öffnete die innere Tür.

»Da ist ja David Bradford«, begrüßte Kapugen den Biologen. »Haben Sie gute Nachrichten für uns? Kommen die Karibus vielleicht doch nach Kangik?«

»Ich wollte nur mal kurz schauen, wie es Ihnen bei diesem heimtückischen Wetter geht«, sagte er, ohne auf Kapugens Frage einzugehen. »Aber wie ich sehe, ist alles wohlauf.«

»Kommen Sie doch herein«, forderte Ellen ihn auf. »Ich mache frischen Tee. Ihnen ist doch sicher kalt.«

Julie nickte ihm zu und lächelte.

»Hallo, kleine Bärenlady«, begrüßte er sie. Aber Julie ging nicht weiter darauf ein und hielt ihm stattdessen den rotwangigen Amaroq entgegen, damit er ihn bewundern konnte.

»Das ist also dein kleiner Bruder«, meinte David. »Er wirkt so kräftig wie ein Wolfsgebiss.«

»Er ist so kräftig«, antwortete Julie und musste über den Vergleich eines Babys mit einem Wolfsgebiss lächeln.

David nahm auf dem Polstersessel Platz und wärmte sich dankbar die Hände an der dampfenden Tasse Tee, die ihm Ellen gereicht hatte.

»Was für ein Mistwetter«, sagte er. »Ich konnte nicht einmal den Hubschraubermotor ausmachen, weil ich ihn sonst vielleicht nicht wieder in Gang bekommen würde. Lange kann ich also nicht bleiben. Eigentlich wollte ich Ihnen nur mitteilen, Kapugen, dass die Wölfe, die neulich einen Ihrer Moschusochsen gerissen haben, den Colville wieder verlassen haben und auf dem Weg hierher sind.«

Julies Herz begann wie wild zu hämmern.

»Ich wollte Sie nur warnen, sonst muss noch einer Ihrer Ochsen dran glauben.«

»Gut, dass Sie mir Bescheid sagen«, sagte Kapugen. Langsam erhob er sich und griff nach seinem Gewehr. »Ich versuche sie abzufangen, bevor sie hier sind.«

»Nein, *Aapa*, nein«, rief Julie und stürzte auf ihren Vater zu. »Du hast mir versprochen, dass du sie erst dann erschießt, wenn sie einen Moschusochsen getötet haben. Aber so weit ist es noch nicht.« Julie drückte den kleinen Amaroq fest an sich. »Lass mich wenigstens noch einmal versuchen, sie woandershin zu führen. Du hast es mir versprochen!«

Kapugen runzelte die Stirn.

»Das habe ich gesagt, stimmt«, gab er zu. »Aber ich bin wie ein Wolf. Ich muss meine Familie vor dem Feind schützen.«

»Die Wölfe sind doch nicht unsere Feinde, *Aapa*«, flüsterte Julie. »Das weißt du doch. Sie sind ein Teil von uns und wir sind ein Teil von ihnen.« Julie drückte ihre Wange gegen die weiche, glatte Stirn des Babys, doch Amaroq zappelte und begann zu brüllen.

»Hörst du? Sogar der kleine Amaroq ist der Meinung, dass du die Wölfe nicht erschießen sollst«, sagte Julie und tätschelte ihren Halbbruder beruhigend.

Ellen saß am Tisch und korrigierte Schulhefte. Sie meinte: »Na ja, so kann man das auch sehen. Vermutlich schreit er aber eher deswegen, weil sein Vater ihn aufgeweckt hat.«

»*Ayaa*, ich habe ihn aufgeweckt«, sagte Kapugen lächelnd und legte sein Gewehr wieder weg. Dann nahm er Julie seinen Sohn vorsichtig ab und drückte seine Stirn gegen dessen kleine Nase. »Aber das siehst du mir doch nach, du kleiner Wolfswelpe, oder?«

Amaroq hörte auf zu schreien und strampelte nur noch mit den Beinen.

Julie kletterte auf das *Iglek* hinauf und wollte nachdenken. Aber durch das Gespräch zwischen David und Kapugen wurde sie immer wieder unterbrochen. Sie überlegten, wo man die Wölfe am besten abfangen und erschießen könnte. Ellen hörte ebenfalls zu.

»Als Allererstes muss ich aber die Beaver zurückbringen. Alles andere muss warten«, meinte Kapugen.

»Sie haben noch viel Zeit«, beruhigte ihn David. »Als ich das Rudel sah, hatte es gerade an einer Wasserscheide des Avalik etwas zu fressen gefunden. Vermutlich schlafen die Wölfe jetzt erst einmal ein oder zwei Tage.«

David ging zur Tür. »Ich muss jetzt wieder nach Barrow zurück«, sagte er. »Dort muss ich einen Eisbären untersuchen, der einen Weißen getötet hat.«

Kapugen verzog keine Miene. »Das kann passieren«, sagte er leise. »Wo war der *Gussak* denn?«

»Er stand direkt neben seinem Haus am Strand. Er war aus dem Haus gekommen und wollte eben sein Auto anlassen. Als der Eisbär ihn angriff, drehte er sich um und lief weg. Das war sein Fehler. Er hätte es so machen sollen wie Julie neulich. Einem Bären kann man sowieso nicht davonlaufen.«

»Und was ist mit dem Bären?«, fragte Kapugen.

»Den hat der Nachbar erschossen.«

»Momentan haben wir eine gefährliche Jahreszeit«, sagte Kapugen. »Die Eisbärinnen haben keine Milch mehr für ihre zweijährigen Jungen – und die sind hungrig.«

»Bei den Wölfen ist es genauso«, meinte David. Er zog sich die Sturmhaube übers Gesicht und setzte die dunkle Brille auf. Als er die Tür öffnete, kam ein Schwall kalter Luft aus dem *Qanitchaq* ins Zimmer. Ellen zitterte.

»Ich fürchte, ich werde mich wohl nie an diese Kälte gewöhnen«, sagte sie und musste lachen. »Oder sind das die Naturgewalten der Wildnis, die mich zum Zittern bringen?«

Julie schwieg.

»Ich bin so weit«, rief Malek von draußen. »Es wird Zeit, dass wir die Beaver zurückbringen.«

Kapugen wandte sich an Ellen. »Malek und ich bringen das gemietete Flugzeug zurück und fliegen dann mit meiner Maschine nach Hause.«

»Beeil dich, sonst kommen die Wölfe«, sagte Ellen und Kapugen nickte. Seine Augen leuchteten nicht. Er legte den kleinen Amaroq wieder in seine Wiege und küsste seine dick eingepackten Füßchen. Dann machte er sich auf den Weg.

Als Julie und Ellen alleine waren, stieg Julie von ihrem *Iglek* herunter und setzte sich neben sie.

»Ellen«, fing sie an, »im Unterricht geht es morgen darum, wie jedes Tier und jede Pflanze von allen anderen Tieren und Pflanzen abhängig ist.«

»Ja, ich verstehe«, sagte Ellen. »Das hast du mir schon erklärt.«

Julie fühlte sich mutlos. Seit Wochen hatte sie nun schon versucht, Ellen den ewigen Kreislauf zu erklären, in dem das eine Tier geboren wird und das andere zu Grunde geht. Sie hatte ihre Hände in die Luft gehoben und Ellen geschildert, woher Eskimos wissen, dass sie mit allen Tieren verwandt sind, denn schließlich waren die Formen ihrer Knochen einander auf die eine oder andere Weise ziemlich ähnlich. Julie hatte der Frau ihres Vaters beizubringen versucht, dass Wölfe die Umwelt gesund erhalten. Und solange die Umwelt gesund ist, bleiben auch die Menschen gesund.

Aber trotz allem war Ellen immer noch der Meinung, dass die Wölfe getötet werden mussten, wenn sie die Moschusochsen gefährdeten, und Kapugen hatte ihr zugestimmt.

Julie wusste, dass sie jetzt keinen Fehler machen durfte. »Wenn alles aus dem Lot gerät, dann trifft man oft die falsche Entscheidung«, hatte sie sich draußen in der Tundra gesagt und daraus gefolgert: »Langsam wird es Zeit, neue Wege einzuschlagen.« Sie warf Ellen einen langen Blick zu und holte tief Luft.

»Liebe Ellen, ich glaube, ich höre besser auf, dich zu unterrichten. Stattdessen erzähle ich dir eine Geschichte:

Es war einmal ein junges Mädchen, das verirrte sich in der Tundra und hatte großen Hunger. Eines Tages entdeckte sie das sommerliche Kinderzimmer eines Wolfsrudels und freundete sich mit den Wölfen an. Einer der Welpen zeigte ihr, wie man einem erwachsenen Wolf Futter entlocken kann, wenn man die Ecke seiner Schnauze berührt. Das tat das Mädchen, und daraufhin würgte der Wolf großzügig Nahrung hervor, wenn auch nicht genug. Also ernährte sich das Mädchen auch von Moosen und Pilzen.

Dann zog Nebel auf, bis man die Hand nicht mehr vor Augen sehen konnte. Die Erde vibrierte. Als sich der Nebel ein bisschen lichtete, stand mit einem Mal ihr Welpenfreund Kapu vor ihr. Wachsam wie ein Adler schnupperte er in den Wind und wedelte mit dem Schwanz, als könne er mit seiner Nase eine lustige Wolfsgeschichte lesen, so wie Menschen in einem Buch. Das Mädchen hielt seine Nase ebenfalls in den Wind, aber sie fand die Seiten des unsichtbaren Buches leer.« Julie schaute Ellen tief in die Augen.

»Dann heulte der Leitwolf Amaroq los. Sein bester Freund Klaue fiel mit ein. Amaroq stimmte einen melodischen Gesang an und seine Gefährtin Silberpelz heulte mit. Ob hoch oder tief, ihre Stimmen fügten sich harmonisch ineinander. Als Vierter stimmte Pudding mit seiner fahrigen, leise heulenden Stimme ein. Dazu kläfften fünf Welpen, auf die Pudding gerade aufpasste, und begleiteten das Konzert wie ein Schlagzeug. Das Mädchen rieb sich gedankenverloren das Kinn, denn dieser Jagdgesang der Wölfe klang irgendwie anders als sonst. Er hörte sich furchtsam und ruhelos an. Es ging um Dinge, die das Mädchen nicht kannte und die ihm Angst einjagten.

Als der Nebel sich ganz und gar hob, sah sie Amaroq, seine Jäger und die Welpen hinaus in die Tundra jagen. Sogar Pudding war bei ihnen. Wollten die Wölfe das Mädchen verlassen? Vielleicht war es ja an der Zeit weiterzuziehen? War das Mädchen jetzt auf sich allein gestellt? Das Mädchen krabbelte um ihren Hügel herum, der durch Frostaufbruch entstanden war, und sammelte verzweifelt alle Pflanzen, die normalerweise Karibus verzehren. Sie stopfte sich Pilze in die Tasche und kleine Büschel Rentiermoos. Sie durfte nichts Essbares unbeachtet lassen.

Während das Mädchen auf allen Vieren durch die Gegend krabbelte, begann die Erde um sie herum zu beben. Sie drehte sich um. Aus dem Nebel trabte ein mächtiges Karibu direkt auf sie zu. Ihm im Nacken saß Amaroq, als hätte ihn eine haushohe Ozeanwelle direkt auf den Rücken des Karibus katapultiert.«

Ellen schaute sich im Zimmer um. Ihr Blick fiel auf die Stelle, wo normalerweise Kapugens Gewehr stand. Der Platz war leer.

Julie fuhr mit der Geschichte fort.

»Silberpelz hatte sich in die Seite des Karibus verbissen und von unten setzte ihm Klaue zu.

Dann machte Amaroq einen Satz, hing einen Augenblick in der Luft und bohrte dem Karibu seine Zähne in den Nacken.

Einen Moment lang schloss der Nebel sie ein, und als er sich wieder hob, schwebte das Karibu im Sprung über Amaroq und seine Hufe zielten wie Hackmesser auf den Wolfsschädel. Dann war ein tiefes Knurren zu hören, Hufe schlugen funkensprühend auf Steinbrocken und kratzten tiefe Kerben in die Grasnarbe der Tundra. Amaroq war ein zweites Mal hochgesprungen und hatte seine Zähne in den Rücken des Karibus geschlagen. Zähnefletschend nutzte er geschickt sein Körpergewicht und hielt sich auf dem im Kreis hin und her taumelnden Tier. Silberpelz griff den Karibubullen von vorne an und versuchte ihn zum Straucheln oder wenigstens zum Stehen zu bringen. Klaue hatte sich in einem Hinterbein des Karibus verbissen. Das Tier versuchte seine Angreifer abzuschütteln, wand sich und sank in die Knie. Dann fiel er röhrend um, sodass sich sein Geweih in den Boden bohrte.

Das Mädchen Miyax konnte sein Glück kaum fassen – ein ganzes Karibu war ihm praktisch vor die Füße gelegt worden. Mit so viel Essen würde sie einen Monat auskommen, vielleicht sogar ein Jahr. Damit es sich besser hielt, wollte sie das Fleisch räuchern, bevor sie sich auf den Weg zur Küste machte. Sie würde überleben.

Und ich habe überlebt.«

Ellen hatte ganz still dagesessen. Jetzt stand sie auf und sah sich im *Qanitchaq* nach Kapugens Gewehr um. Doch auch hier konnte sie es nirgendwo entdecken.

»Julie«, sagte sie, »jetzt verstehe ich alles. Du musst Kapugen sagen, dass ich mich getäuscht habe: Das Minnesota-Gesetz ist hier fehl am Platz.«

Julie schlüpfte in ihre warmen Hosen und den Pullover aus *Qivit*. Darüber zog sie ihre Daunenhosen und den Anorak. Dann setzte sie sich ihre Wollmütze auf, zog zuerst Fingerhandschuhe und dann Fäustlinge über. Sie stopfte sich die Taschen mit gedörrtem, in Streifen geschnittenem Fleisch voll, trat hinaus in die schimmernde, eisige Welt und lief zu dem Schlitten, den sie am vergangenen Abend mit Luzerne beladen hatte. Weil sie die Hunde nicht über das tückische Eis schicken wollte, nahm sie die Leine und zog den Schlitten selbst. Ein paar Mal rutschte sie aus, doch nach und nach fasste sie Tritt. Zuerst wollte sie die Moschusochsen füttern und sich danach auf den Weg in die Tundra machen, um nach Kapu und Aaka, Silberpelz, Raubein, Zing und Amy Ausschau zu halten und sie zur Umkehr zu bewegen. Julie warf einen Blick auf den Hangar und lauschte, ob Kapugen womöglich die Tür öffnete und die Beaver startete. Vom Flugzeug aus würde er jedes Ziel in aller Ruhe treffen können.

Im Pferch angekommen, kippte Julie die Luzerne in die Futtertröge, und nachdem sie sich eine ganze Weile mit dem vereisten Bolzen abgemüht hatte, gelang es ihr, das Gatter wieder zu schließen. Dann steuerte sie das Flussufer an. Bereits nach fünf Schritten erkannte Julie, dass Kapugen hier gewesen sein musste. Seine Stiefel mit dem charakteristischen Sohlenprofil hatten ihre Abdrücke auf der dünnen Eisdecke und im Schnee hinterlassen. Er war mit seinem Gewehr hier gewesen, was bedeutete, dass er die Beaver gar nicht nach Barrow zurückflog. Seine Schuhabdrücke waren noch ganz frisch und führten um den Pferch herum. Er wollte sich zu Fuß an die Wölfe heranpirschen.

In einiger Entfernung hörte Julie ein Heulen, gefolgt von wachsamem Bellen, und dann ertönten die Stimmen ihrer Wölfe durchdringend aus der Wildnis der Tundra. Julie rannte. Weil unter ihren Schritten das Eis zerbrach, kam sie nur langsam voran. Aber sie gab nicht auf und dachte immer nur das eine: Die Wölfe müssen gerettet werden.

Was kann ich bloß tun? Wie kann ich sie verscheuchen? Mit einem Gewehr wäre alles viel einfacher. Aber ich habe keines. Ein toter Wolf wäre die Lösung – vielleicht würde es mit meinen Wolfsfell-Handschuhen gehen. Aber die sind zu Hause.

Julie registrierte, dass der Wind von ihr zu Kapu und seiner Meute wehte und ihnen ihren Geruch zutrug. Sie hoffte inständig, dass er sie am Geruch erkennen und merken würde, dass sie Angst hatte. Das würde die Wölfe verjagen. Julie strengte sich an und drehte sich um, weil sie sehen wollte, ob Kapugen hinter ihr herkam.

Die Erde erzitterte und Julie hörte einen krachendes Geräusch. Als sie sich wieder umdrehte, sah sie, wie die Moschusochsen aus dem Pferch ausbrachen, vorneweg die Bullen, in der Mitte die Kälber und die Kühe am Schluss. Mit im Wind flatterndem Fell stürmten sie in die Tundra hinaus und steuerten einen Hügel oberhalb des Flusses an. Sie waren ausgebrochen und frei. Einen Augenblick lang freute sich Julie, doch dann bekam sie es mit der Angst zu tun.

Wenn die Ochsen entkamen, dann bedeutete das das Ende der Moschusochsen-Zucht. Kapugen würde bankrott gehen und der kleine Amaroq würde keine Zukunft haben. Julie musste versuchen, die Herde wieder in den Pferch zu treiben. Mit weit kreisenden Armen rannte sie stolpernd um die Moschusochsen herum und brüllte sie an. Doch weil die Tiere mit ihren Hufen den Schnee so aufwirbelten, konnte Julie weder die Moschusochsen noch den Pferch richtig erkennen. Deswegen rannte sie einfach, so schnell sie konnte.

Auf dem zugefrorenen Fluss tauchte plötzlich ein Schatten auf. Julie ließ sich auf alle Viere fallen und sah zu, wie ihr Wolfsrudel den gefrorenen Fluss entlangtrabte – Kapu vorneweg, die anderen hinterher. Sie verließen das Flussbett und rannten mitten unter die Moschusochsen hinein. Die Wölfe liefen neben den galoppierenden Bullen her und trieben die Herde auseinander. Der Schnee, den die Ochsen beim Laufen aufgewirbelt hatten, legte sich wieder. Julie rieb sich die Augen. Neben dem Pferch stand Kapugen. Aber er hatte kein Gewehr. Er hatte die Hände auf dem Rücken gefaltet und den Kopf nach vorne geneigt.

Julies Blick wanderte von ihm zu den Wölfen. Sie sprangen umher und zerstreuten die Herde. Julie verstand überhaupt nicht, warum die Moschusochsen sich nicht zu einem Verteidigungsring formiert hatten. Als einzelne Tiere waren sie viel verwundbarer. Julie schloss die Augen, weil sie nicht mit anschauen wollte, was jetzt als Nächstes passieren würde.

Als sie die Augen wieder öffnete, hatten die Wölfe eine langsamere Gangart eingeschlagen und die Moschusochsen hatten aufgehört zu rennen. Mit ihren schweren Hufen zerbrachen sie das Eis und beugten sich dann hinab, um das darunter wachsende Tundragras zu fressen. Die Wölfe japsten, wedelten mit den Schwänzen, liefen ein paar Meter weiter und legten sich dann auf ihre Bäuche.

Aus irgendeinem unerfindlichen Grund war die Jagd vorüber. Kein Moschusochse würde sterben. Die Wölfe wussten etwas, was Julie verborgen blieb.

Plötzlich sah sie, dass das Tor zum Pferch offen stand.

Habe ich es angelehnt gelassen?, überlegte Julie verzweifelt. Hatte sie den Riegel nicht wieder vorgelegt? Das konnte nicht sein, denn jetzt fiel ihr wieder ein, welche Schwierigkeiten sie gehabt hatte, den Bolzen in der Kälte zu bewegen. Sie war sich sicher, dass sie das Gatter verschlossen hatte.

Mit einem Mal wusste Julie, was passiert war.

Kapugen hatte die Moschusochsen freigelassen.

Mit ihrem Schlitten hinter sich ging Julie über das Eis zu ihm hinüber.

»Sieh sie dir an«, sagte er. »Der Wolf und der kleine Ochse des Nordens. Jetzt sind sie also wieder beisammen.«

Lange beobachteten Julie und ihr Vater stumm, wie die Tiere unter der weißen Sonne der Arktis hin und her liefen.

»Und was wird aus der Zucht, *Aapa*?«, flüsterte Julie. »Was soll denn jetzt aus deinem Unternehmen werden?«

»Jetzt haben wir eben eine wilde Herde«, antwortete er mit einem zufriedenen Ausdruck im Gesicht. »Wir Eskimos haben die Moschusochsen in Alaska ausgerottet, nachdem uns die Weißen Gewehre gegeben hatten. Jetzt haben Eskimos sie hier wieder heimisch gemacht. Sie werden leben und sich vermehren und wieder ein Teil von uns werden.« Er wandte sich zu ihr. »Und was das *Qivit* angeht, da müssen du und ich eben in Zukunft etwas weiter laufen, so wie es unsere Vorfahren auch gemacht haben, wenn sie in der Wildnis *Qivit* gesammelt haben. Das ist alles.«

Dann fügte Kapugen langsam hinzu: »Aber ich weiß nicht, was Ellen dazu sagen wird.«

»Ich habe vorhin mit ihr gesprochen«, sagte Julie. »Sie meinte, dass das Minnesota-Gesetz vermutlich doch nicht für die Arktis taugt. Ich bin sehr froh darüber.«

»Ich glaube, sie hat Recht«, meinte Kapugen und blickte blinzelnd auf die herrliche Tundra, die sein Zuhause war.

Trotz des stürmischen Winds blieben Julie und Kapugen noch eine ganze Weile hier draußen. Genauso wie die Moschusochsen und die Wölfe waren auch sie in der Tundra wieder heimisch geworden.

»Wann gehst du zur Schule?«, fragte Kapugen endlich.

»Wenn die Karibus zurückkommen«, antwortete Julie.

»Sie kommen ganz bestimmt«, meinte Kapugen. »Die Wölfe erzählen es sich.« Er schlug die Kapuze seines Anoraks zurück und legte lauschend die Hand hinters Ohr. »Hör doch«, forderte er Julie auf.

Kapu heulte. Er fing ganz tief an und schraubte sich immer höher und höher, bis er den Ton des Windes erreicht hatte. Zing, Silberpelz, Aaka, Raubein und Amy stimmten in den Gesang mit ein. Die Luft zitterte, das Eis riss auf und das Land knisterte vor Leben.

»Sie sagen«, meinte Kapugen, »dass die Karibus auf dem Weg hierher sind.«

Julie schirmte ihre Augen gegen die Sonne ab und blickte auf den Fluss und die Tundra hinaus.

Zitternd bewegte sich eine dunkelgraue Masse über das spiegelglatte Eis. Es sah fast aus, als triebe der Wind eine Wolke auf sie zu. Julie kniff die Augen zusammen. Über der dunklen Masse schwebten Geweihe, ein ganzes Meer von Geweihen.

»*Aapa*«, rief Julie. »Die Karibus kommen!«

Wie eine unwiderstehliche Naturgewalt wogte die Herde der Karibuweibchen heran. Die männlichen Tiere würden erst Tage später kommen. Die Karibukühe trugen ihre Köpfe hoch. Zusammen mit den Wölfen und den Moschusochsen waren sie die Tiere der eisigen Vergangenheit, die schon seit einer Ewigkeit für das Blühen und Gedeihen der Tundra sorgten. Wie Banner, die ihre Rückkehr verkündeten, schwebten ihre Atemwolken hinter ihnen her. Es war wunderschön, die Herde zu beobachten. Kapu schlug einen durchdringenden Ton an, den er ganz lange hielt. Die Moschusochsen starrten die Karibus ausdruckslos an und schnaubten verächtlich, während Kapugen und Julie sich in die Arme fielen.

»So soll es sein«, sagte Kapugen.

Während Julie der Leben spendenden Karibukarawane zusah, dachte sie an die Highschool, an Bücher, Mädchen, Jungen und Lehrer. Sie tastete nach Peters Pfeife an ihrer Brust und musste an ihn denken.

Wenn ich zuerst an die Schule und die Lehrer denke, bevor mir Peter in den Sinn kommt, überlegte Julie, dann kann ich doch gar nicht verliebt sein. Doch dann fielen ihr die Bilder von den kleinen Polar-Backenhörnchen ein, die aus ihrem Bau in der Erde geschlüpft waren. Und sie dachte an Peter, wie er am *Nalukataq*-Fest getanzt hatte, und das änderte ihre Ansicht wieder.

»Wenn ich wirklich erwachsen bin«, sagte Julie zu sich selbst, »dann heirate ich Peter.«

Gemeinsam mit Kapugen griff sie nach dem Zugseil des Schlittens und dann trotteten sie nebeneinanderher nach Kangik zurück. Dabei lauschten sie immer noch dem Geheul des Wolfs, das sich mit dem Getrommel eines Eskimos vermischte und die Rückkehr des Lebens verkündete.